大活字本シリーズ

佐々木譲

制服捜査《上》

埼玉福祉会

制服捜査

上

装幀　関根利雄

目次

逸脱……7
遺恨……133
割れガラス……245

制服捜査

逸脱

川久保篤《かわくぼあつし》巡査部長は駐在所の居室で、鳴り出した電話の子機を手に取った。大きな事件の通報でなければよいが、と願いつつだ。

自分はいま、三人の来客の執拗《しつよう》な勧めで、とうとう日本酒をコップ一杯飲んでしまったところなのだ。もし飛び出して行かねばならない事態だとしても、飲酒運転となる。それはできない。

「志茂別《しもべつ》駐在所です」と川久保は名乗った。さいわい、口調はまったく素面《しらふ》のまま聞こえたはずだ。まださほど酔ってはいないということだが。

相手は女だった。

「駐在さんだよね。新しいひとかい？」

中年すぎの声と聞こえる。

「はい、新任の川久保です。どうしました？」

女は不安そうに言った。

「いま大沢から電話してるんだけど」

大沢。川久保は町の地図を思い描いた。たしか市街地の外、町の西方向にある地区のはずだが、自分はまだこの駐在所に赴任したばかり。ろくに土地鑑もついていなかった。

三人の客が、川久保を見つめてくる。この町の防犯協会の会長と、地域安全推進員、それに前の町議会議長で地元の自民党国会議員の後援会長という男だ。三人ともみな、七十代だろうかという男たちだった。すでに顔を真っ赤にさせている者もいる。

電話をかけてきた女は言った。

「うちのそばに、町営墓地があるんだけど、あそこで誰かが騒いでるんだ。喧嘩《けんか》かもしれなくて」

「騒いでるのは、誰なんです？」

「わからない。若いひとたちだと思うけど、なんか、泣いたりしてるひともいて」

「町営墓地ですね」

「町営第二墓地」

喧嘩か。となると、警察車を運転して出向いてみなければならない。

日本酒に口をつけたのは失敗だった。ただ、赴任して四日目、この小さな町の有力者たちが訪ねてきたのだ。町の事情をあらかじめ知っておいて欲しいと。追い返すことはできなかったし、杓子定規《しゃくしじょうぎ》に酒を断ることも難しかった。三人とも、川久保よりは二十歳以上年長という男たちだったのだから。

女は言った。

「お巡《まわ》りさん、ちょっと見てくれないだろうか。気になってね」

答に窮していると、防犯協会の会長が立ってきて、川久保に子機を貸せという。川久保は素直に子機を渡した。

防犯協会の会長、吉倉忠《よしくらただし》は、くだけた調子になって言った。

「吉倉だ。どうしたって？」

「町営第二墓地？　あのあずまやのあるところか」

「騒ぎって、大勢か？　三、四人？　高校生が煙草《たばこ》吸ってるだけじゃないのか？」

「な、駐在さんはいま、おれたちとじっくり情報交換やってるんだ。もう少し様子見ないか。そうだな、二十分たってまだ騒いでるようなら、もう一回電話寄越せ」

「そうだって。来た早々の駐在さんを、あんまり引っ張り回すな」

「うん、収まったようなら、もう電話しなくていいんだぞ」

そこで相手も電話を切ったようだ。吉倉という防犯協会の会長は、受話器をホルダーに収めて川久保に言った。

「二十分たってまだ騒いでるようなら、おれが運転手手配するから、心配するな」

川久保は言った。

「いや、なんとかこの酔いを覚ましますよ」

「無理だ。二十分では覚めない。腹くくって、今夜は飲め。そのつもりで、こうして三人、一升持って、肴《さかな》も揃《そろ》えて訪ねてきたんだから」

有無を言わせぬ調子だった。川久保は客たちに気づかれぬよう、そっと溜《た》め息《いき》を吐きだしてから、あらためて自分も座布団《ざぶとん》の上に腰をおろした。

北海道警察本部釧路《くしろ》方面、広尾警察署志茂別町駐在所である。四月の最初の土曜の夜だった。川久保が十勝《とかち》平野の端のこの農村の駐在所勤務について四日目、まだこの町の右も左もわからないという時期だった。なにより駐在所勤務自体、川久保にとって二十五年間の警察官人生の中で初めての体験なのだ。

きょうは、このとおり町の有力者たち三人が、わざわざ訪ねてきて、駐在として知っておくべき町の情報を教えてくれているのだった。もっとも、いろいろとはいえ、三人がもっぱら教えてくれたのは、この町の教職員組合の動向であり、民主党と共産党支部の裏事情だった。

適当に相槌《あいづち》を打ちながら聞いていたが、そのうち、三十分がたった。先ほど通報してきた女から、第二報はきていない。ということは、騒ぎなのか喧嘩なのかはわからないが、町営第二墓地は静かになったということだろう。酒のため、いくらか弛緩《しかん》した頭で川久保は判断した。

吉倉が、壁の時計を見ながら立ち上がった。

「ほら、何もなかったろう。ここはそういう町だよ」

地域安全推進員の中島も言った。

「落ち着いたところだ。駐在さんには、ヒダリだけしっかり監視しておいてもらえたら、この町じゃ何も起こらないよ」

前町議会議長の内橋が言った。

「それより、川久保さん。あんた、単身赴任じゃ、いろいろ不便だろうなあ。誰か世話してやろうか」

ほかのふたりが、野卑な笑い声を上げた。

内橋は、にやりと笑みを浮かべて続けた。

「小さな町だけど、美人のやもめもいるし、その気になればって人妻もいる。炊事洗濯に身の回りの世話、おれからひとこと言えば、やってもらえるよ」

川久保は首を振った。

「お気持ちだけ。駐在がまちがいを起こしては、洒落《しゃれ》になりませんので」

「その気になったら、言ってくれよ」

「そのときは」

「こっちにしても、新しい駐在は堅物じゃないってわかると安心なのさ。人間として度量が広い駐在さんこそ、理想だからね」

「できるだけ、期待に応《こた》えようと思っていますよ」

「じゃあ、今夜はこれまでにする。突然押しかけてきて、すまなかった」

三人は駐在所横手の玄関口から帰っていった。

川久保は玄関をロックしてから、居間の時計を見た。八時二十分になっていた。

その翌日、日曜日の朝である。こんどはちがう女から電話があった。駐在所勤務の警察官も、所轄《しょかつ》署の地域係警察官に代わってもらうかたちで休みを取るが、その日曜日はまだ非番には当たっていなかった。終日、駐在所勤務という日である。

女は言った。

「お巡りさん、何か事故なんて起こっていないでしょうか」

「どうしました？」と川久保は、穏やかな調子で訊《き》いた。「事故って、何のことです？」

「交通事故。うちの子供が、昨日から帰ってきていないんです」

一音一音が明瞭《めいりょう》な、大人の声だった。

川久保は、デスクの上の地元新聞を手でよけた。地元帯広市で発行されているローカル紙である。一面には大きな見出しが躍っていた。

「帯広署でも、報償費疑惑。元幹部が本紙に証言」

自分の職場に関する記事だ。先ほどまでついつい読みふけっていたのだった。

その新聞の下に、日報がある。川久保は日報を手元に引き寄せて、最近の日付のページを開いた。確かめるまでもなく、赴任以来五日間、管轄内で交通事故は起こっていない。

川久保は日報をめくりながら言った。

「町内では、このところ交通事故は起きていないけど、お子さんが帰ってこないのは、昨日の何時からです？」

「昨日、午後に学校から帰ってきて、それから友達のうちに行くとメモを残して出ていったんです。でもそのまま、帰ってきてなくて。今朝まで電話もないものですから」

川久保は椅子《いす》に腰を下ろして訊いた。

「お子さんは、男の子ですか、女の子？　いくつです？」

「男の子、十七なんですけど」

「十七歳の男の子ね。高校生？」

「ええ、三年になったばかり」

女は地元の道立高校の名を出した。この町の子供の大部分が進学する普通科高校だ。

「お名前は？」

「山岸三津夫《みつお》」

女は、どんな字を書くのか言った。

川久保はその名を日報に記して訊いた。

「あなたのお名前は？　三津夫くんのお母さんなんですね？」

「そうです。山岸明子」

「交通事故を心配されているというのは、どうしてです？　自転車かバイクにでも乗っていたのでしょうか」

「それが、あの子の乗ってるバイクは、うちの外にあるんです。ヘルメットはなくなっているんですけど」

「誰かと一緒に行ったのかな？」

「聞いていません」

「行くと言っていた友達の名は？」

「上杉って高校生のところなんです。北志茂ってとこの」

北志茂、という地名を思い出そうとした。この志茂別の北西にある地区ではなかったろうか。農家が三十戸ばかり点在している。民間の産業廃棄物処理場もあったはずだ。町の中心部からは、十キロほど離れている。

「その上杉って子の家には、電話してみたんですか」

「ええ。昨日、十一時くらいに」

「返事は？」

「きていないって」

「それは、友達が言ったんですね」

「いえ。電話に出たのは、子供の母親で、そばにいる子供に聞いていている様子でした。そして、きていないって」

「友達の名前はなんて言うんです？」

「上杉昌治《しょうじ》。高校の同級生です」

「ほかに、行っていそうなところはないんですか？」

「とくには思い当たりません」

「バイク仲間とか。よく一緒にふたり乗りしている友達とかは？」

「いません。あまり友達のいない子なんです」

「三津夫くんは、携帯は持っていますか」

「持たせていません」

「では、山岸さんの連絡先を教えてください」

山岸明子という女は、自宅の所在地と固定電話の番号を教えてくれた。住所は、町内の町営住宅だ。駐在所からはごく近い。

さらに明子は、職場の電話も教えてくれた。町のAコープ・ストアだ。レジ係なのだという。

「きょうは、九時半から五時半までは、そちらにいます」

「ご主人のほうとは連絡は取れますか」

「いいえ」明子は、まったく声の調子を変えずに言った。「母子家庭なんです」

川久保は、自分のかすかな動揺を気取《けど》られぬように言った。

「いまはご自宅ですね」

「はい」

「二、三十分ほどしてから、わたしのほうから電話します」

「よろしくお願いします」

川久保は電話を切った。十七歳の男子高校生が、昨夜、土曜の夜から消息不明。これが札幌であればとくに事件性など考えなくてもいいが、北海道の田舎の人口六千人の小さな町では、どうだろうか。何か起こったと想定したほうがよいのか。それとも、もう少し事情を確かめてから判断すべきか。

駐在所の奥で、ヤカンが鳴り出した。川久保はいったん居室に上がってから、自分でコーヒーを淹《い》れ、マグカップを持って駐在所事務室にもどった。こうしてコーヒーを淹れる自分というのが、川久保自身にとっても少々驚きだった。単身赴任を決めたとき、妻も娘たちも、生活術の身についていない川久保のひとり暮らしを、真剣に心配したのだ。赴任の直前には、妻から料理と洗濯の特訓まで受けていた。

コーヒーをひと口すすってから電話をしたのは、所轄署である広尾警察署だった。広尾警察署は、道警本部の機構ではC分類と呼ばれる小規模警察署である。セクションの単位は「課」ではなく「係」だ。交通係に電話を回してもらい、昨日から今朝にかけて、管内で交通事故がなかったかを訊いた。ないという。

川久保は、またコーヒーカップを口もとに近づけながら考えた。

高校三年生が昨夜から行方不明。自分のバイクは自宅にある。ただしヘルメットは消えている。管内で交通事故はなし。

一番自然に考えられるのは、誰かのバイクにふたり乗りして、遠出した、ということだ。遠出しすぎて、連絡もしそびれた。それにきょうは日曜。夕方までに家に帰りつけばよい。このままふたり乗りでツーリングを続けよう……。

そういうことなのではないだろうか。でも母親は、ふたり乗りしてどこかに出かけるような相手には心当たりがないという。

交友関係。それをもう少し聞かねばならないだろう。

日報を引き出しに納めようとして、高校三年の娘からの絵ハガキに目が行った。昨日届いたハガキなのだ。

「お父さん、ひとり暮らしで不自由してない？　身体《からだ》にはくれぐれも気をつけてね。

わたしはきょうが始業式。三年生になりました。夏休みには、お母さんと一緒に、お父さんを訪ねます。

チャオ、美奈子《みなこ》」


思わず頬がゆるんだ。

駐在所勤務は、ふつうは家族を伴う。派出所勤務とちがって駐在所の場合は、家族とくに妻の手助けがないと、職務遂行が難しいのだ。電話番がひとりいるだけでもちがう。

しかし川久保は、先月末異動の辞令を受け取ったとき、単身赴任を決めた。札幌で十五年暮らし、持ち家である住宅で妻とふたりの娘とに囲まれて暮らしてきた。上の娘は市内公立高校の三年になった。受験生ということになる。下の娘も私立高校に入学したばかりだ。いまこちらの高校に転校させるのは困難だった。かといって、娘ふたりを札幌に残して、自分が妻とこの釧路方面志茂別町駐在所に赴任してくるのも難しい。二日間家族で話し合った末、川久保は単身赴任を決めたのだ。不自由さは、自分で甘受する。北海道警察本部も、駐在所勤務警察官は必ず家族を伴うこと、とは通達していないのだ。

今年はおれのような警察官が大勢出たにちがいない、と、川久保は娘からの絵ハガキをひっくり返しながら思った。二年前の稲葉警部の不祥事発覚以来、道警本部は警察官の管理に極端に厳しくなっている。ひとつの職場に七年在籍した者は無条件に異動、同じ地方で十年勤めても有無を言わさずによそに移すと決めたのだ。

その結果、去年と今年の大異動のおかげで、道警の各所轄署には、ベテランと呼ばれる捜査員がまったくいないことになった。

経験が必要とされる刑事課強行犯係の年配刑事が、べつの地方で運転免許証の更新事務に携わっている。郡部の小さな町で地元と長い信頼関係を築いてきた駐在警察官も、札幌で慣れない鑑識仕事に回っているという。その結果、犯罪者の検挙率が多少落ちてもかまわぬ、というのが、道警本部の方針のようだ。それよりは、稲葉警部のような暴走する警官を出さないことが重大事なのだ、ということだった。

川久保の異動も、その線に沿ったものだ。滝川署を皮切りに警察官人生を始めた川久保は、十五年前に札幌西警察署勤務となり、刑事課盗犯係の捜査員として、実績を積んできた。五年前に札幌豊平《とよひら》署刑事課強行犯係勤務。どちらも忙しい職場であり、身につけた専門性を毎日大いに役立てることのできる職場だった。

しかし、今年突然の異動の辞令だ。いままで一度も経験のない、駐在所勤務だという。札幌から離れた、十勝地方の小さな農村の駐在所で、ということだった。豊平署勤務は五年だけだが、札幌に十五年いたということが、異動の理由となったのだ。

公務員として、また警察組織の一員として、この人事に不平をもらすわけにはゆかなかった。できるのは、家族を伴っての赴任か、単身赴任かを選択することだけだった。

川久保は娘からの絵ハガキを、引き出しの中に納めた。あの娘たちも、あと五、六年で巣立ってゆく。自分には、もう二度と家族で過ごす時間は戻ってこないだろう。その日のくるのが、いささか目算からはずれて早くなった。それだけは、残念でならなかった。

さて、と川久保は制帽を引き寄せながら立ち上がった。先週、前任者から引き継ぎを受けたとき、最初の十日ぐらいはとにかく町内の道路をくまなく走れ、と言われていた。きょうも午後から走るつもりだったが、ちょうどいい。すでに一回走ってはいるが、北志茂地区の全路線を走って、土地鑑をつけておこう。

川久保は警察車に向かいながら、あらためて事情を整理してみた。

高校から帰宅後、三津夫という少年は、友達の家に行くとメモを残して、外出した。わざわざメモを残すというのは、この家庭の習慣なのか、それとも、特別なことだからだったのかは確かめなかった。でも山岸明子の言葉の調子から、あの母親と少年とは、ふだんからコミュニケーションは取れていたのだろう。メモは、習慣だったのだ。

駐在所の前は、国道二三六号線だ。帯広と襟裳岬《えりもみさき》、浦河方面を結んでいる。交通量はけっして少なくはない。

国道に車を出してから、いったん町営住宅方向に進路を取った。駐在所から二ブロック北側に、灰色の壁の平屋の建物が並んだ一角がある。本町町営住宅、と呼ばれている団地だ。老人夫婦や低所得層の家族が入っていると聞いている。

その町営団地の周囲をひと回りした。四月上旬のこのあたりでは、もう完全に雪は解けており、住宅の前の花壇には、水仙が芽を出し始めている。晴れているせいで、洗濯物を庭先に干している主婦の姿も見えた。

町営住宅の建物のひとつに、山岸明子から教えられた棟番号が記されていた。ここだ、と川久保が警察車を徐行させたとき、その建物の玄関口が開いて、女が外に出てきた。三十代で、ショート・ジャケットにパンツ姿の小柄な女だった。たぶんこれが山岸明子だ。出勤するところなのだろう。ドアに鍵《かぎ》をかけた。川久保は車を完全に停止させた。

山岸明子は警察車に気がついて、あっ、という顔になった。川久保は車を下りて、軽く制帽のつばを持ち上げ、あいさつした。

山岸明子が近づいてくる。吉報を期待している目だった。

彼女が目の前まできたところで、川久保は名乗った。

「こんどここに赴任してきた川久保です。先ほど電話を受けました」

山岸明子は、足を止めて川久保を見上げてくる。

「山岸です。何かわかりまして？」

色白で、ほとんど化粧はしていない。目縁《まぶち》に少しやつれのようなものが見えたが、昨夜はあまり眠っていないのかもしれない。電話でも感じたとおり、しっかりした、という印象のある顔だちだ。質素な身なりだけれども、女を見慣れた男なら評するだろう。素材はいい。美人だ、と。

川久保は言った。

「これから、北志茂のほうをひと回りしてみようと思っていますが、もし時間があれば、もう少し三津夫くんの生活とか交友関係のことを教えてください」

「出勤するところなんですが、どうしましょう？」

「五分ほど、ありませんか？」

「事務所まで一緒に行っていただけますか。行ってしまえば、もっとお話しできます」

「いいですよ。送りましょう」

ひとり、この町営団地の住人らしい主婦の姿が目に入った。川久保たちのほうに目を向けてくる。

川久保は、山岸明子に余計な噂《うわさ》が立たぬよう、笑顔を作り、大きめの声で言った。

「心配はいらないと思いますよ。十七の男の子なら、ときどき馬鹿《ばか》なこともしますからね」

山岸は、警察車の助手席側に回りながら言った。

「その馬鹿なことが心配なんです」

Ａコープ・ストアは、町なかを貫く国道に面している。農協の事務所と運送会社の倉庫が並ぶ一角である。

その事務所に入ると、山岸明子はすでに出勤していたふたりの同僚たちにあいさつして言った。

「三津夫が帰ってきてなくて、ちょっと駐在さんに相談してるところなんです」

同僚たちはうなずいて、川久保たちから距離をとってくれた。

山岸明子は、川久保の問いに答えるかたちで、三津夫の生活や交友関係について語ってくれた。彼女の話では、三津夫少年は幼いころからおとなしく引っ込み思案な性格だったという。自分から積極的に何かの趣味に打ち込んだり、関係を作ってゆくタイプではない。スポーツもけっして得意なほうではなかった。数人の同年代の子だけが友人だったようだ。クラブ活動は、和太鼓部に属していたという。

高校に入ったところ、クラスには別の中学から進学してきたボス的な少年がいた。この少年の回りに十数人の取り巻きができて、三津夫少年もこのグループに引き込まれたようだという。そのボス格の少年の名は上杉昌治という。

山岸明子は言った。

「休みの日も、よく上杉くんたちと一緒に、いろいろやっていたようです。野球をしたりとか、ゲームをやっているあいだはまだよかったのですが、だんだんおかしなことを始めるようになって」

「おかしなこととは？」

「喫茶店にいりびたったりとか、帯広まで出かけたりとか」

「上杉って子と一緒に？」

「はい。お恥ずかしい話ですけど、帯広のデパートで、万引きをして補導されたこともあるんです。わたしが出かけていって、警察から引き取ってきました」

「それも、上杉って子のグループと一緒だったんですか？」

「はい。でも見つかって補導されたのは、三津夫ひとりです。ブランドもの運動靴を万引きしたんですが」

「いつのことです?」

「去年の十月です。もう上杉くんとはつきあわないでと言い聞かせたんですけれど、いつのまにかまたずるずるとつきあうようになって」

「上杉って子は、高校では問題児として把握されているのかな」

「どうでしょうか。柔道部に入っていた子ですけど、たしか下級生を殴ったとかで、去年退部になっています」

「上杉って子の仲間たちの名を、何人か知っていますか」

「また聞きなら」山岸明子は、三つの苗字《みようじ》を出した。三人とも高校の同学年だという。

川久保は訊《き》いた。

「その仲間の溜《た》まり場のような場所はありますか。いりびたっていたという喫茶店も教えてください」

「喫茶店は、昔の駅前通りの『サンフラワー』です。マンガを置いてある店です。三津夫は放課後、ときどき行っていたようです。ほかに溜まり場にしているような場所は、よくわかりません」

「この町には赴任してきてきょうで五日なんです。まだ不案内なんですが、高校生が多く集まるような場所って、ほかにどこがありますか？」

「たいしてないんです」山岸明子は、首を振りながら言った。「こんな小さな町ですから、ゲームセンターのような店もいくつもあるわけじゃありません。高校を卒業して車を持てるようになると、みな一時間かけて帯広まで遊びに行くんです」

「三津夫くんは、帯広に行っているという可能性はありませんか」

「夜にバイクで走って、帯広までは行かないと思います。行くとも聞いていませんし」

川久保は、考えこんだ。

これが札幌のような都会であれば、少年たちがたむろする場所にはこと欠かない。退屈せずに何日でも過ごすことのできる場所が、確実に存在する。でも人口六千のこのような農村で、少年が一晩過ごしたいと思うような場所としては、あといったい何が考えられるだろう。クラブ活動か塾通いでもしていない限り、この町は少年たちには相当に退屈なところなのではないか。

川久保は思いついて訊いた。

「失礼ですが、三津夫くんのお父さんはどちらにお住まいです？」

山岸明子は、少しためらった様子を見せてから言った。

「いま内地にいるはずですが、どうしてです？」

「離婚されたのなら、三津夫くんはお父さんに会いたくなって出かけたのかもしれないと思ったものですから」

「父親とは音信不通です。三津夫は居場所も知りません。わたしもですが」

音信不通。ということは、三津夫という少年の養育費も送られてはきていないのだろう。

「三津夫くん、昨日は変った様子は？」

「朝、学校に行くときは、まったくふつうでした。どうでしょう、捜索願いを出したら、捜索してもらえるんでしょうか」

川久保は首を振った。

「いまのお話では、捜索願いを出しても、まずほうぼうの警察署管内の事故などと照らし合わせるだけですね。捜索隊を出すことにはならないでしょう」

「出してもらうには、どうしたらいいんです？」

「もう少し事故か事件の可能性がはっきりすれば動きやすいんですが。たとえばどこかの山で迷ったようだとか、川岸で靴が見つかったとか。それならば、捜索隊を出して捜す範囲もはっきりする」

「じゃあうちの子は、このまま放っておくということですか」

「まだ、もう少しだけ心当たりを当たってみてもいい、という気がします」

山岸明子の顔に落胆の色が浮かんだので、川久保は言った。

「捜索願いはいま出してしまいましょう。車の中に、用紙がありますが、置いてゆきましょうか。必要事項を記入して駐在所まで届けてもらえれば、広尾警察署のほうに送りますので」

山岸明子は、少し考える素振りを見せてから言った。

「出しますわ。何かしないではいられないので」

川久保はいったん事務所を出て、警察車から捜索願い用紙を取り出した。事務所にもどったとき、山岸明子はすでにジャケットを店員用のオレンジ色の上っ張りに着替えていた。

用紙を渡そうとして、山岸明子の目がうるんでいることに気づいた。いまにも大量の涙が、その黒目がちの大きな目からあふれ出してきそうだった。

彼女自身も、自分が泣き出す寸前であることを承知していたのだろう。苦しそうに唇を噛《か》んでから、山岸明子は言った。

「あの子は、あの子は、すべてなんです。わたしの」

川久保はうなずいて言った。

「わかっています。やれるだけのことはやりますから」

言いながらも、もっとましな、ほんとに相手を力づける言葉が出てこないのかと、川久保は自分の語彙《ごい》の不足を呪《のろ》った。

川久保は、Ａコープの事務所を出ると、駐在所へともどった。山岸明子の書いた捜索願いを、広尾警察署にファクスしなければならない。願いの宛《あ》て先は、この町の場合、所轄《しょかつ》署である広尾警察署の署長なのだ。その願いを送った後、ロッカーに収めてあるいくつかのファイルを取り出して、読み直す必要があるだろう。とくに少年補導の記録だ。高校がある町なのに、若い連中の溜まり場が喫茶店ひとつだけ、ということはありえない。山岸明子のような母親が把握していない場所が絶対にあるはずである。

駐在所でファクスを送ってから、川久保はロッカーを開けて、前任者の補導記録を探した。交通事故処理ファイルがあり、盗難被害届けファイルがあり、各種相談受付けファイルがあったが、補導記録というタイトルではみつからなかった。件数が少ないので、独立させていないのかもしれない。となると、日報を順に読んでゆくしかないが。

それとも、地元の情報通に訊いたほうが早いだろうか、と考え直した。

引き継ぎの際には、地元の情報通として、防犯協会の会長を教えられていた。しかし昨日会った印象では、あの吉倉の知っていることは偏《かたよ》っている。いまの高校生の生活範囲について知っているかどうか疑わしい。山岸明子以上のことは知らないのではないか。

では、ほかに誰か。

思い出した。赴任二日目、郵便局にあいさつに出向いたとき、局長が教えてくれた人物がいる。職務柄、地元の細かな情報については、うちの職員たちは詳しいですよと。守秘義務がからまないことなら、いくらでも協力させていただきますと。

そのとき局長は、とくにデータベースみたいな人物がいる、と言って、二年前に定年退職した男の名を教えてくれたのだ。三十五年間もこの町で郵便を配達してきた男だという。

片桐義夫《かたぎりよしお》、という名だった。住所は町はずれだが、日中は福祉会館の娯楽室にいることが多いという。囲碁が趣味だ、とのことだった。福祉会館なら、この駐在所の並びだ。歩いて行ける距離だった。

川久保はロッカーの扉を閉じると、駐在所を出た。

福祉会館は、町の老人や身体障害者のための施設で、会合のできる集会室と、テレビの置かれた娯楽室のふたつの部屋がある。行ってみると、娯楽室には十人ほどの老人がいて、将棋を指す者あり、テレビに見入る者あり、隅のテーブルで談笑する女性たちあり、いくつものグループに分かれて、めいめい勝手なことをしている。

テレビから最も離れた場所で、碁盤を前にひとり、詰め碁の本を開いている男がいた。角刈りで、日に灼《や》けた顔。老人と呼ぶには、まだまだ精気のある男だ。

「片桐さん」と近づいてゆくと、片桐はちらりと川久保を見上げて言った。

「新任の駐在さんか」

「川久保と言います。ここに座ってかまいませんか」

「おれに何か容疑でも？」

「まさか」

川久保は笑って首を振った。娯楽室にいるほかの男女がちらりと川久保に目を向けてきたが、必ずしもいぶかしげではなかった。

川久保は、片桐の向かい側の椅子《いす》に腰をおろして言った。

「町の情報に詳しいと伺ったもので」

「多少はな」片桐は、詰め碁の本を脇《わき》によけて、背を伸ばした。「毎日毎日、町中の家庭に郵便を配って歩いてたんだ。詳しくもなるさ」

「わたしはこの通り、赴任してきたばかりで、右も左もわからないんです」

「訊きたいのはどういうことだい？」

「山岸三津夫って高校生が、昨日の夜から行方不明なんです」

「ああ、三津夫か」

「ご存じですね」

「生まれたときから知ってるよ。父親が出て行ってしまって、不憫《ふびん》な子だよ」

「彼は家出をするような子ですか」

「さあな。中学生のころは、お母さんに甘えてばかりって感じだったが、高校生になってからのことは、よくは知らない」

「高校では、上杉昌治って子と仲がいいらしいんです」

片桐の目が、かすかに細くなった。不快な言葉でも聞いたときのような反応と見えた。

「上杉って子は、どんな子なんです？」

片桐は目をそらして言った。

「悪餓鬼さ。郵便配達の自転車にまで、いたずらするような餓鬼だった。タイヤに穴を開けたり、鞄《かばん》に手を突っ込んだり」

「その彼と、山岸三津夫は友達同士だったようなんですが」

「友達なんて言い方はよくない。親しいんだとすれば、親分子分だよ。三津夫が、使いっ走りさせられているんだ」

「上杉って子は、親分肌なんですね？」

「あの一家は、親族一同みんなそうだ」

「親族一同？」

片桐は周囲にちらりと目を走らせてから言った。

「親爺《おやじ》の耕三《こうぞう》も、その兄貴も、昌治の兄貴も、腕力で世の中を渡ってゆく連中さ」

「農家なんでしょう？」

「いいや。耕三は農家をやめて、解体屋をやってる。噂《うわさ》じゃ、違法な産廃処理も」

行ってみるべきだな。川久保は腰を浮かしながら片桐に訊いた。

「高校生が、町からその上杉って子の家まで行くとしたら、どうすると思います」

「自転車か、バイクか」

「歩いては行けませんよね」

「二時間以上かかるよ」

「ありがとう」川久保は片桐に礼を言った。「参考になりました」

片桐が訊いた。

「あんたも、例の事件の影響で飛ばされた口かい？」

片桐は真顔だ。二年前の、あの北海道警察本部始まって以来の不祥事との関連を訊いている。

「いえ」川久保は首を振った。「ただ、前の職場が長くなりすぎていたんです」

「そういう理由で異動するのは、あの事件のせいだろう？」

「よくはわかりません」

片桐は、唇の端を歪《ゆが》めて言った。

「この町の駐在なんて、このところ二年で交代だ。町のことなんて何もわからないうちに、つぎの駐在がやってくる。町のことがわからないから、処理できるのは、町の真ん中を通ってる国道で起こることだけ。町の裏や奥でやられてる悪事にゃ、気がつきもしないでどっかに行ってしまうんだ。地元との癒着が心配だって言うんだろうが、上《うわ》っ面《つら》しか知らずにいるよりは、癒着を心配されるくらいに地元のことを知ってもらいたいよ」

川久保は、同意ともその逆とも取れるような表情を作ってから言った。

「また、お話を聞かせてください」

地図を確かめると、上杉の家のある北志茂という地区は、市街地を南に出たあと、荒川という川沿いに北西へ走った先にあるのだった。別の言い方をすると、町から南七線という町道を道なりだった。

福祉会館の前から走り出すと、ほんの三分で市街地を抜けた。その外に広がっているのは、平坦《へいたん》な田園地帯だ。農道の交差点にはだいたいどこも農家が数軒固まっているが、あとは道沿いにおおむね五百メートルくらいずつ離れて農家が点在している。この日は日曜日のせいか、交通量は少ない。ほとんど人影も見かけない。

警察車を走らせてゆくと、市街地から三キロも離れたあたりで、半径の小さな右への急カーブがあった。乱暴なドライバーなら中央線を越えてアウトインアウトで走りたくなるようなカーブだ。その先から道は直線であることをやめ、谷間の地形に沿って、カーブと起伏とを繰り返していた。

急カーブからさらに五、六キロ走って、道の先にそれらしき民家が見えてきた。和洋折衷の二階家で、D型ハウスがふたつ、片流れ屋根の車庫がひとつ付属している。住宅の裏手には、廃車の山ができていた。早春の田園地帯の中で、そのあたりだけ雰囲気が妙に殺伐としていた。

敷地の脇に、大きな看板が出ている。

白く塗ったブリキの上に、黒く手書き文字。

「上杉開発興業

産廃受け入れ。ご相談下さい」

つまりここは、居宅であり、事務所であり、土場であり、たぶん産業廃棄物の処理場であるということだった。おそらく裏手、荒川の河川敷の側には、大きな穴があるのだろう。

駐車場に車を入れて、川久保は降り立った。

玄関脇には、白いセダン。トヨタの高級車だ。その隣にあるのも、トヨタの四輪駆動車だった。真新しい。

住宅の玄関口のドアが開いて、中年男が顔を見せた。大柄で、現場、という言葉が似合っていそうな男だ。これが上杉昌治の父親だろう。

川久保は玄関口に歩きながら言った。

「新任の駐在です。ちょっとお伺いしたいことが」

相手は言った。

「上杉だ。何か？」

日頃から、ひとを威嚇《いかく》したり、高圧的に出ることに慣れた男の表情であり口調だった。

川久保は訊《き》いた。

「昨日の夜、息子さんの同級生が訪ねてきたはずなんですが、ご存じですか」

「さあ。子供のことは、いちいち知らないな」

「昨日の晩、息子さんは？」

「知らねえって」

「自宅にいました？」

「お巡《まわ》りさん、うちはそんなことまでいちいち干渉してるわけじゃないから」

「お宅にはいなかったということですね」

「知らんって。見ていないってだけだ」

「息子さんは、いまどこです？」

「朝からどこかに出てったよ。息子が何かやったと言っているのかい？」

「いいえ。山岸って高校生を探しているだけです。こちらに伺うと言っていたそうなんです」

「知らないね」

「奥さんも？」

上杉は、振り返って大きな声を出した。昨晩、子供の友人がきたかどうか訊いている。川久保が黙ったままでいると、上杉は顔をあらためて川久保に向けて言った。

「女房も知らんって言ってる。きていない」

「ありがとうございました」

川久保は礼を言いながら、もう一度敷地内を見渡した。駐車場の奥の車庫のシャッターは上げられており、中にクレーンを積んだ二トントラックがある。隅の方には、廃車なのか、古いバイクも数台並んでいた。

川久保は上杉の家をあとにすると、いまきた道を町まで戻った。駐在所にもどると、盗難届けのファイルを引き出して、半年前の分から一件ずつ読んでいった。届けは車上狙《ねら》いと空き巣が大部分を占めるが、件数自体はさほど多くない。週に一件あるかないかだ。まったくない週もある。ここはとりあえず小さな犯罪も少ない町だとは言えそうだった。

四カ月前に、ある事業所から小型の除雪機が盗まれるという事件が起こっていた。また、川久保が赴任してくる前日の被害届けがあった。パチンコ屋の駐車場から、四百CCのバイクが盗まれている。ロードレーサー・タイプの、スズキの新型車とのことだ。色は黄色。施錠《せじょう》してあったという。

バイク。でもこの小さな町で、誰が盗む？

この町に住む窃盗犯が、それを自分で乗り回すことは不可能だ。いずれ持ち主の目にも入る。かといって、専門の窃盗犯がこの町まで出張してきたとも考えられない。大都市で盗むよりも、はるかに非効率なのだ。プロの仕事ではない。

考えられるのは、子供がいたずらで盗んだ、という線だろう。換金する気も、長いこと乗り回すつもりもなく、ほんの束の間《つかのま》、いたずらできればよいと考えて。

山岸三津夫は、帯広で万引きの補導歴がある。母親の目にはちがう子供に映っているが、彼はあんがい万引きや窃盗の常習者ということはないだろうか。母親の知らない一面を持った子、ということはないだろうか。

川久保はひとつの可能性に思い至った。

山岸三津夫は、盗んだバイクで、帯広方面まで走ったのではないか？　ここから帯広市街地まで、およそ六十キロ。原付ではきついが、四百CCのバイクであれば、高校生が出かけるのに困難な距離ではない。

だとしたら、今朝がた所轄署《しょかつ》に問い合わせただけでは、十分ではなかった。帯広まで範囲を広げて考えねばならなかった。

すぐに帯広署の交通課に電話してみた。聞くと、さすがこの地方随一の都会だ。昨日からきょうにかけての交通事故は六件。ただしどれも軽微なものだ。人身事故は一件だけ。山岸三津夫がからんだものはなかった。

川久保は電話を切って時計を見た。正午をまわっている。山岸三津夫が行方不明となってから、まだ二十四時間たっていない。事件性のあることか、事故の可能性があるのか、いまだそれすらも判然とはしなかった。

あと半日、様子を見るか。

午後になって、川久保はあらためて福祉会館に出向いた。片桐から、もう少し話を聞くためだった。

缶コーヒーを土産に娯楽室に入ると、片桐は奥の畳敷きのスペースで横になっていた。退屈している様子だ。川久保の顔を見ると、すぐに起き上がって、碁盤の置かれたテーブルへと歩いてきた。

「どうだったい？」と片桐が訊いた。「三津夫は、見つかったのか？」

「いいえ」川久保は椅子《いす》に腰を下ろし、缶コーヒーを片桐に渡して答えた。「上杉って子のところには行っていないようなんです」

「昌治には会ったのかい」

「いなかった。朝から外出してましてね」

「ちょっと心配になってくるな」

「ええ。でも正直なところ、これが事件かどうかもわからないんですよ。週末の夜、男子高校生が帰ってこなかっただけですからね」

「この町じゃあ、十分に事件さ。三年ぐらい前にも一件あったな」

「高校生が？」

「いや、酪農家の嫁さんだ。買い物に出たきり、行方不明。かなりの騒ぎになったけど、ひと月後に亭主のところに離婚届けの用紙が送られてきた。帯広に男を作っての家出だった」

「高校生の家出も多いんですか？」

「去年の暮れに、女の子がひとりいたね。メル友のところに行ってしまった、って噂されたけど、ほんとは輪姦《りんかん》されたのが理由だったらしい」

「レイプってことですか？」川久保は驚いて聞き返した。「犯罪ですよ」

「事件にはならなかった。こんな小さな町じゃ、あれを事件にしたら、女の子は生きてゆけなくなる」

「被害届けも出なかったんでしょうか」

「出なかったはずだ。出していたら、どうなってた？」

「所轄署から、まず婦人警官が飛んできたでしょう」

「こなかった。だけど女の子は学校を休みがちになって、最後には家を出たんだ」

「親御さんは、娘さんがレイプされたことを知っていたんでしょうか？」

「知っていた。なのに、加害者側の示談を受け入れた。それで女の子は親に愛想を尽かして家を出たのさ。いったん見つかって帰ってきたけど、けっきょく転校していった」

「相手は、大人？　高校生？」

片桐は首を振った。

「知らない。そこまでは耳にしていない」

この話はおしまいだ、という調子だった。川久保は話題を変えた。

「この町で、高校生がたむろする場所って、どこでしょうね。とくに、男子高校生が集まりそうなところって」

片桐は、とくに思い起こす様子も見せずに言った。

「志茂別川の河川敷。あそこでは、よくバイクの練習をしてる。それと、共栄って地区の吉井《よしい》って農家の跡かね。町から割合近いんで、いっときはその納屋《なや》の跡が軟派な生徒たちの溜《た》まり場になってたな。サバイバル・ゲームだかをする連中も使っていた場所だ」

川久保は、持参した地図を取り出して言った。

「いまの場所、印をつけてもらえますか」

「行ってみるのか」

「ええ。早く土地鑑をつけたいし」

片桐は地図を受け取ると、川久保が差し出した赤ボールペンで、大きくふたつ、円を記してくれた。

川久保はさっそくその二カ所を回ってみた。河川敷では、たしかに五人の若い男たちがバイクを乗り回していた。モトクロス用の、甲高いエンジン音をたてるバイクだった。川久保はその青年たちに三津夫のことを訊いたが、とくに目新しいことは教えられなかった。

つぎに、離農農家跡に行ってみた。納屋や母屋《おもや》の周囲には、地面に煙草《たばこ》の吸殻やペットボトルが散乱していた。納屋の中にはさらに、戦闘ゲームで使うエアガンの弾が散らばっている。隅には、コンドームが落ちていた。母屋のほうの玄関口は、板が打ちつけてあって、中には入れない。しかし窓からのぞくと、椅子やら毛布やらが持ち込まれている。いっときは青年たちのけっこう快適な溜まり場だったのだろう。しかしここにも、山岸三津夫の家出先を示唆《しさ》するような手がかりはなかった。

駐在所にもどったところに、山岸明子から電話があった。

「何かわかりましたか？」

川久保は、山岸明子の美貌《びぼう》を思い出しながら答えた。

「いいえ。とくに何も。帯広署にも調べてもらいましたが、該当する交通事故のようなものはありませんでしたね」

答えながら、昨夜の訪問客が言っていた言葉を思い出した。身の回りを世話するひとを紹介しようか。やもめやら、人妻やらがいるよ……。

なんとなく山岸明子には距離を置こうという気持ちになった。あるいは、いくらか冷淡と取られてもよい程度の距離を持とうと。もしそう強く意識しなかった場合、自分が明子にけっこう惹《ひ》かれてゆくような気がした。妻子のある単身赴任駐在警官の身としては、それはあまり好ましい展開ではなかった。

明子が言った。

「もう丸一日たちました。捜索隊を出してもいいころじゃありませんか？」

「もう少し事情がわかれば、特異家出人ということで、捜索隊も出せる。出す範囲も絞れるんですが」

「町から上杉さんのうちへ行くまでの道、というのは、探す範囲にはなりませんか？」

「先ほど道を走ってきました。上杉さんのお宅にも行っていないと言われましたね」

「つまり、打つ手はなし、ということなのでしょうか」

「事情が、あまりにも漠としているということなのです。お母さんにはきつい言い方になりますが、家出をした、という可能性すら捨てきれない」

「それは絶対にありません」

「どうしてです？」

「十七にもなったのに、依存心の強い子供ですから」

「十七ともなれば、男の子は、母親の目に映る以上に大人ですよ」

「それにしても、家を出る理由はありません。お金も持っていないのだし」

「なんとかもう少し、三津夫くんの行動範囲がわかったらよいのですがね」

「敬子ちゃん」と明子は言った。「あの子なら何か知っているかも」

「誰なんです？」

「幼なじみ。田代《たしろ》敬子。以前、近くに住んでいた子です。さほど親しくはないと思いますが、同級生だから、何か知っているかもしれない」

川久保は、その子の家の電話番号と自宅住所を聞き出してから電話を切った。

田代敬子という女子高生の家は、町のはずれ、まだ新しい住宅の建ち並ぶエリアの中にあった。このあたりでは珍しいアメリカの田舎家ふうの住宅だ。川久保は玄関口で田代敬子に向かい合った。

川久保は事情を簡単に説明してから言った。

「そういうわけで、山岸三津夫くんの行動範囲というか、交友範囲を知りたいんです」

田代敬子は、色白で、ほっそりとした身体《からだ》つきの女の子だった。眼鏡をかけているが、その奥の目は品のいい切れ長だ。かなり内気そうに見える。感受性も鋭いものがあるのだろう。フードつきのスウェットシャツにジーンズ姿だった。川久保は自分の次女の顔を一瞬思い浮かべた。

敬子は、少し困惑を見せて言った。

「ミッちゃんって、上杉って子の下《した》っ端《ぱ》になってた。あのひとたちのほかには、友達はいなかったと思う」

「あのひとたちというのは、上杉昌治くん以外の誰なんだろう？」

敬子は、ふたりの名前を挙げた。

「戸沼って子。最初上杉って子と一緒に柔道部に入っていた子。それに福島。あの子も柔道部かな。仲間はあと何人かいるかもしれない。下級生にも」

母親も挙げていた名だった。

「スポーツマンばかりか」

「身体だけはね」

「みんな同級生？」

「ううん。戸沼って子と福島って子は、べつのクラス。あたしたちと一緒じゃない」

「三津夫くんは、グループの仲間だけども、仲がいいわけじゃないんだね？」

「ちがうと思う。全然タイプがちがうもの」

「だけど、いつも一緒にいるんだろう？」

「うん」

「どうしてなんだろう？」

敬子は、一回目を伏せてから言った。

「かまってくれるからだと思う。上杉ってやつ、乱暴だけど、ときどき気持ち悪いくらいに他人に優しくなるみたいなの。強いしね。だからミッちゃん、ふだんは顎《あご》でこき使われてるのも、我慢してるんだと思う」

「三津夫くんたち、ふだんはどこで遊んでる？　何をしている？」

「よくは知らない。町や学校で何かあるとき、一緒になってやってきて、騒いで帰ってゆくの。自分たちのいないところでほかのひとが楽しんでるのが、我慢ならないみたいに」

「それはつまり」川久保は言葉を選びながら訊《き》いた。「上杉って子のグループは、学校では問題のある連中だってことかな」

敬子はまた目を伏せて言った。

「そう、かもしれない」

「相当に悪い子たちかい？」

「そう、でもないけど」そう答えてから、敬子はあわてて首を振って言い直した。「全部のひとがそうってわけでもないけど」

「三津夫くんは？」

敬子は顔を上げ、川久保を見つめて言った。

「かわいそう」

「かわいそう？　どうして？」

「あんなひとたちしか、友達いないいんだもの」

「まったくいないよりはいいいかもしれないよ」

「あたしなら、あんな子たちを友達にするくらいなら、一生孤独だっていい」

川久保は、敬子のいかにも女子高生っぽい表現に微笑して、玄関口を出た。

田代敬子の家をあとにすると、川久保は戸沼という少年の家に向かった。彼の家は、市街地の中にある。国道の一本裏手、製材工場の並びだった。

一戸建てのその家のチャイムを押したが、誰も出てこない。駐車場には車はなく、バイクも自転車も見当たらなかった。

家族全員留守なのか？

裏手の庭を見てみようと、玄関口から横に移動したときだ。後ろから声をかけられた。

「お巡《まわ》りさん、誰に用事だい？」

振り返ると、道の反対側に、耳当てのついた防寒帽をかぶった老人が立っている。くわえ煙草だ。

川久保は頭を下げて言った。

「ここの高校生に」

老人は、通りを渡って川久保に近づいてきた。

「あいつ、こんどは何をやったんだ？」

「何もしていませんが、こんどは、っていうのはどういう意味です？」

「知らないのか？」

「先週赴任したばかりなんです」

「あんたが新しい駐在さんか」

「ここの戸沼くんが、どうしたと言いました？」

「前の駐在から聞いていないのか」

「とくに何も」

老人は、困惑した顔になって煙草を地面に落とした。

「いや、いいんだ。おれが被害者ってわけじゃないから」

「いったいどうしたんです？」

「いいって」老人はもう一度はっきり首を振って、川久保の前から立ち去っていった。

つぎに川久保が向かったのは、福島という少年の家だった。市街地から三キロばかりのところにある農家だ。

行ってみると、少年の両親はビニールハウス作りの真っ最中だった。スチール製のパイプをふたりで手際《てぎわ》よく組んでいるところだ。川久保が警察車を停めると、父親らしき男が作業の手を止め、かすかに不安そうな目で川久保を見つめてきた。

川久保は車を降りてあいさつしてから訊いた。

「息子さんは、いまいますか。ふたつ三つ訊きたいことがあって」

川久保の話を一通り訊き終えると、男は言った。

「勝治は出かけてる」

勝治というのが息子の名前なのだろう。

「帰ってきたら、駐在さんが会いたがっていたと言っておいてやるよ。明日、放課後にでも交番に行けばいいのか？」

「そうですね。きてもらうのが一番かな」


午後五時半を過ぎたころに、駐在所に山岸明子が訪ねてきた。Aコープの勤務が終わったのだという。

「何か、わかりました？」と明子は、すがるような目で訊いてきた。

川久保は答えた。

「きょうは日曜です。きょういっぱい待ってみませんか。三津夫くんの友達たちも外出していて、どこに行っているのかわからない。親御さんたちもよく知らないんです。心配しているようではなかったし」

「その子たちは、昨夜は帰ってきているんでしょう？　三津夫は、昨日から帰ってきていないんです」

「率直なところをお聞きしますけど」

「はい？」

「三津夫くんに、最近、お母さんも認めたくないような、何か困った行動はありませんでしたか。何かトラブルは抱えていませんでしたか？」

「あの子が、犯罪を犯していると？」

「そうは言っていません。本人もお母さんも手に負えないような、困ったことが起きていないか、それを知りたいんです。そうすれば、行動範囲も少し絞れますから」

明子はいったん視線をそらして唇をかんだ。明かすべきか黙るべきか、迷っているようにも見える。

川久保が明子を見つめたままでいると、やがて彼女は視線を川久保にもどして、ぽつりと言った。

「いじめられていました」

川久保は確認した。

「上杉って子と、その仲間に？」

「ええ」

「友達ではなかったんですね」

「食い物にされていたんだと思います。万引きを強要されたり、お金を持ってこいと言われたこともあった」

「渡していたんですか」

「お金は渡していません。でも、どうにかして持っていったんでしょう」

「どうにかとは？」

「泥棒だと思います」

「何を盗んだんです？」

「ゲーム機。プレステっていうものとか。買ってやったこともないの

に、あの子の鞄《かばん》に入っていたことがあったんです。わたしが知ってい
るのはそれだけですが」

「どこから盗んだんです？」

「わかりません。近所の家からかもしれない」

「そのことを、町のひとは誰か知っています？」

明子は、また短く視線をそらしてから言った。

「うちの子が悪くなったことは、まわりも気がついていると思いま
す」

「三津夫くんが、上杉って子たちに食い物にされるようになったのは、
いつからです？」

「去年。二年生の二学期になってからだと思います」

「その連中は、町での評判はどうなんです？　番長グループ？」

「ちがうと思います。暴走族みたいな子たちはべつにいるし」

そのとき、署活系警察無線の発信音が鳴り出した。川久保は山岸明子に黙礼して彼女から離れ、所轄《しょかつ》署からの指示を聞いた。

明日、町の東はずれにある陸上自衛隊第五旅団の分屯地前で、イラク派兵に反対する集会の開催が決まったという。帯広の教職員組合が、バス一台を仕立てて出向くとのことだった。ついては、川久保も警察車を基地の前に置いて、警戒と不測の事態の発生に備えよという。抗議集会の開始は、午前八時ちょうどとのことだった。

「十五分前に着いていてください」通信担当は言った。「終わってバスがそちらを出発したのを確認した後、報告を」

この指示を聞いているあいだに、山岸明子は軽く頭を下げて、駐在所を出ていこうとした。

川久保はあわてて呼び止めた。

「三津夫くんが帰ってきたら、電話をください。何時でも」

しかしその夜、明子からは電話はなかった。


翌月曜の朝である。まだ川久保が自衛隊分屯地前にいたとき、所轄から連絡があった。

「志茂別町南七線と町道西十五号線との十字路付近で交通事故。バイク一台が路外転落しており、目撃者より連絡あり。運転者は死亡の模様。交通係が現地へ向かっています。川久保巡査部長も、自衛隊基地前警備が終わった後、現地へ回ってください」

川久保は確認した。

「運転者の身元は？」

「まだわかりません」

「了解」

警察車の運転席で地図を確認してみた。南七線と、町道西十五号線。ふたつの道が交差するのは、昨日、北志茂地区に行く途中に、川久保も通ったところだ。あの急カーブ付近ということになる。

川久保は顔を上げた。すでに死亡しているという運転者は誰だ？まさか山岸三津夫ということはないだろうが。

現地に着いたのは、九時半すぎだった。すでに交通係が現場の検証にあたっていた。急カーブの途中であるが、二台の交通係の車両が道の脇《わき》に止まっている。一台はワゴン車だ。

黄色いバイクが、ワゴン車の後ろに立ててある。一見したところ、バイクにはほとんど損傷はなかった。泥さえついていないように見えた。

川久保は近づいていって、写真を撮っている若い警察官に訊いた。

「運転者はもう死亡？」

「ええ」警官はカメラを目から離して言った。「一応救急車を呼びましたが、救急隊員はその場で死亡を確認しました」

「バイクは、さほど壊れていないように見えるけど」

「そっちから走ってきて」と警察官は、町に通じる側の道路の先を指さした。「このカーブを回りきれずに、吹っ飛んだんでしょう。草むらの中に転がっていました。この町で盗難届けの出ていたバイクです」

「仏さんは、もう病院か？」

「ええ。死体検案書を書いてもらいますので。救急隊員の話では、頸《けい》椎《つい》骨折のようだったということでした」

「身元は？」

「運転免許証がありました。山岸三津夫って子です」

山岸三津夫。

ここにくる道々、その可能性を考えないでもなかった。しかし、彼は今朝までは生きていたのだ。そのあいだ、母親に連絡もせず、どこに行っていたのだろう？

「目撃者は？」

「この先の農家さんです。もう帰しました。ここを市街地方向から走ってきて、転がっているバイクに気づいたそうでした」

「母親がいるんだ。連絡したか」

「はい。免許証の裏に番号が書かれていましたから。直接広尾病院に向かったようです」

「一昨日《おととい》から行方不明だったんだ。捜索願いも出ていた」

「ここに転がったままだったんでしょう。死後一日以上たっているとのことでしたよ」

「え？」

川久保は驚きのあまり、ぽかりと口を開けた。死後一日以上、ここに転がっていた？

「まさか」

「どうしてです？」

「昨日、おれはここを通ってる。バイクは見なかった」

中年の警察官が近づいてきた。若い警察官が、広尾署の交通係係長だと紹介した。宮越という名だという。フルフェイスのヘルメットを手にさげている。

川久保は訊《き》いた。

「そのヘルメットは？」

宮越が答えた。

「仏さんの脇に落ちてた」

「脱げていたということですか？」

「転がったときに脱げたんだろう」

「フルフェイスのヘルメットが？」

キャップ型のヘルメットならともかく、フルフェイスのヘルメットがそんなに簡単に脱げるものだろうか。

「おかしい。ここは、ほんとうに事故現場なんですか？」

「何が言いたいんだ？」

「バイクは無傷みたいだし、ヘルメットが脱げている。第一、わたしは昨日の昼間、ここを通ってる。バイクなんて見ていない」

「バイクも仏さんも、草むらの中にあった。あんたは、ここを通過しただけだろう？」

「発見者だって、同じじゃないんですか」

「あっちは、四輪駆動車《よんく》だ。目線が高い」

川久保は、現場をざっと見渡してから言った。

「四駆は、昨日だって何台も通っているでしょう。それが、きょうになって発見ですか」

「この急カーブじゃ、視線は道の先にしか向かない。脇を見てる余裕はないだろう」

「黄色いバイクが転がっていたら気がつく。現に、その目撃者は気づいたんでしょう？」

「たまたまだ」宮越はきつい調子で言った。「こんな単純な事故、交通係にまかせろ。ややこしいことにするな」

「しかし」

「口を出すなって」宮越は、川久保に指を突きつけてきた。「駐在は、駐在らしいことだけやってたらいい」

若い警察官が、もうよしたほうがいいというように首を振ってくる。

川久保は、喉《のど》まで出かかった抗議の言葉を呑《の》み下した。

山岸三津夫の通夜《つや》は翌日だった。いったん町立広尾病院に運ばれた遺体は、山岸明子が身元を確認、医師が死体検案書を書いた後、山岸明子に引き渡されたのだ。通夜は、町内の浄土真宗の寺で執り行われた。

川久保は、その慎《つつ》ましやかな通夜に出席して焼香した。出席者は、近所の住人たちと高校の教師や同級生ということだった。せいぜい三十人ほどの数だ。

読経《どきょう》が終わるのを待たず、川久保は憔悴《しょうすい》した顔の山岸明子に黙礼だけして会場を出た。

いまとなっては、明子の美貌《びぼう》を意識しすぎたことが悔やまれた。いや、意識したのは、母子家庭だという彼女の事情のほうだったかもしれない。土曜日に防犯協会の会長たちから、駐在の器についての言葉など聞いたせいだ。かすかに自分の危険感知センサーが反応してしまったのだ。しかし本来なら自分は、地域の駐在警察官として明子にもっと親身になり、もっと詳しく事情を聞いているべきだった。おそらく。

寺の駐車場で警察車に乗り込もうとしたときだ。後ろの暗がりから、高校の制服を着た少女が出てきた。

「お巡りさん」

田代敬子だった。いましがたも通夜の会場で見かけた。

敬子は、何か言いたげに近づいてくる。

「どうかしたかい」と川久保は訊いた。

敬子は、左右に目をやってから、小声で言った。

「ミッちゃん、あの日の夕方、バイクを上杉くんのところに運ぶところだったそうです。きょう、学校で聞いた」

「どういうこと？」

「上杉くんが、バイクを盗んで農協の倉庫の裏手に隠していたらしい。それを上杉くんの家まで運べって上杉くんに命令されて、それでミッちゃん、そのバイクに乗っていったそうなんだけど」

「バイクは三津夫くんが盗んだものじゃないってことだね」

「ええ。ミッちゃんはそんなことしない。やるとしたら、上杉くんに脅《おど》かされたときだけ」

「ありがとう。お母さんにも話しておこう。すこしは慰めになるかもしれない」

田代敬子は、まだその場に立ったまま、川久保を見上げてくる。まだ何か、肝心のことを言っていないという顔だった。川久保は首を傾けて、田代敬子をうながした。

敬子は、怯《おび》えるように左右に目をやってから、小声で言った。

「ミッちゃん、上杉くんたちに殺されたんだって、噂《うわさ》されてます」

驚いている川久保をその場に残して、敬子はくるりと踵《きびす》を返すと、そのまま駐車場の外へと駆けていった。


翌日、火葬も済んだという時刻だ。駐在所にふらりと片桐が入ってきた。

「山岸三津夫、とんだ結末だったたな」

川久保は言った。

「彼のことで、何か噂でも聞きましたか」

「いいや。三津夫もあそこまで行ってるとは意外だったたって話は多い。

バイクを盗んでたんだろう？」

「べつの情報もありますけど」

「可哀相《かわいそう》にな。上杉たちとつきあっていなければ」

「ところで、町営第二墓地って、どのあたりでしたっけ？」

「町営第二？」

片桐は、駐在所の壁に貼《は》られた町内地図に近寄って、その一点を指さした。

川久保はその位置を確かめた。南七線の道路沿いだ。あの急カーブと、上杉の住居のちょうど中間あたりになる。周辺に農家が数戸あるようだ。

土曜日、あの騒ぎの通報にすぐ飛び出さなかったことを思い出した。

通報者は、喧嘩《けんか》かもしれない、と言っていたのだ。なのに自分は、防犯協会会長らに勧められるまま、酒を飲んでいた。

片桐は、川久保の横顔をちらりと見てから、駐在所を出ていった。


翌日は非番だった。広尾警察署の地域係から駐在所に応援がくるのだ。丸一日、休むことができる。川久保は当番の警察官に業務を引き継ぐと、自分の乗用車で広尾警察署に向かった。私服姿である。

交通係のフロアに行ってみると、先日のあの若い警察官も、係長の宮越も在席していた。川久保は若い警察官に、山岸三津夫死亡事故の報告書を見せて欲しいと頼んだ。

若い警察官は、河野《こうの》という名だった。河野は宮越に顔を向けた。やりとりを聞いていた宮越は不愉快そうな顔ではあったが、拒むことはなかった。

報告書によれば、事故の通報者は、先日も聞いたとおり、近所の農家の男性だった。町から南七線を西に向かって走っているときに、路外に転落していたバイクを発見したのだ。車を停めて降りてみると、バイクの横にひとらしきものが転がっている。男性は道を降りて草むらを歩き、死んでいる山岸三津夫を発見した。

署が通報を受けた時刻は、月曜日の朝七時四十五分だ。二十二分後に現場に広尾署の警察車到着。その一分後、救急車到着。

午前八時十分、救急隊員が山岸三津夫がすでに死亡していることを確認。同十五分、発見した男性は現場を離れた。

現場の見取り図と写真が十四枚、報告書に添付されていた。

山岸三津夫は、草むらの上に仰向《あおむ》けになっている。死後硬直があったという。遺体のすぐ脇《わき》にヘルメットが脱げており、遺体の頭から一メートル五十センチの位置には、眼鏡があった。また、遺体のそばから、バイク用のグラブも見つかっている。

川久保は写真を丹念に繰り返し見つめた。

あまり長いこと見つめていたせいか、河野が不審そうな声で訊いた。

「おかしなことでもありますか？」

川久保はうなずき、写真をひとつずつ示して言った。

「このあいだも言ったけど、路外転落でどうしてフルフェイスのヘルメットが脱げる？」

若い警察官は答えた。

「派手に転がったんですからね。そういうこともあるでしょう」

「こっちの眼鏡は、ツルが畳まれている。事故で吹っ飛んだ眼鏡のツルは、開くんじゃないのか？」

「何かの拍子で、そうなることはあるでしょう」

「手袋を見ろ。この子は、路外に転がって頸椎を折ったあと、自分で手袋を脱いだことになるぞ」

「即死じゃなかったのかもしれません」

「ヘルメットに眼鏡に手袋。最初から身につけていなかったんじゃないのか」

「何を言われているのか、よくわかりません」

「死体は、運ばれてきてここに捨てられたんだ。バイクもヘルメットや眼鏡も、運んできた誰かが適当に散らばした。現場はここじゃない」

「誰が何のためにそんなことをするんです?」

「こいつは交通事故じゃないんだ」

「死因は頸椎骨折ですよ。バイク事故じゃ、珍しくないでしょう?」

「柔道をやる人間なら、頸椎骨折でひとを殺すこともできる」

「殺人事件だと言っているんですか」

そのとき、宮越から厳しい声が飛んだ。

「よせ。ここでいい加減な話をするな」

川久保は宮越のほうに目を向けた。宮越はデスクの上に上体を傾けている。こっちへこいと呼んでいるように見えた。

川久保がデスクの前に立つと、宮越は言った。

「交通係が、事件性はないと判断したんだ。だいいち、きみは交通係が到着したとき、現場にきてもいなかった」

「少し遅れて到着しましたが、あの時刻、べつの場所に行っていろという指示だったんです」

「いずれにせよ、現場を知らんのだろう？　無責任に言うな」

「再捜査が必要です。これは交通事故じゃありません」

「単純な事故だ。バイク窃盗犯が、急カーブを曲がりきれずに吹っ飛んだ。草むらに落ちたんで、発見は一日遅れとなった。それだけだ」

「いいえ、これは」

宮越は、怒鳴るように言った。

「もういい。この件は処理ずみだ。広尾署としては終わった。逸脱は許さんぞ。不服なら再捜査願いを出せ。市民のひとりとしてな」

どうしても再捜査を要求するなら、北海道警察本部を辞めろ、という意味だった。川久保は大きく息を吸い込んだ。その二者択一で迫られたなら、自分にはまだ覚悟はできていない。引き下がるしかなかった。そして、いま引き下がるということは、宮越の処理を承認したということだった。

その日、志茂別の駐在所に戻ってから、川久保は交代勤務に当たってくれた地域係の警察官に訊《き》いた。

「交通係の宮越って、前から交通畑のひとかい？」

相手は答えた。

「いいえ。今年の三月まで、旭川《あさひかわ》方面本部の施設課に長くいたひとですよ。その前は、函館《はこだて》で防犯総務のはずです」

「交通係は？」

「初めての部署だと聞いています」

つまり、交通事故の現場など何も知らない男が、あの判断を下したというわけだ。あのあつものに懲《こ》りてナマスを吹いた大人事異動の結果の、じつにわかりやすい弊害がここに出てきたということになる。

川久保は相手に言った。

「今夜は、飲みに出る。朝まで、頼むな」

相手は言った。

「駐在所勤務となると、普段は一杯ひっかけることもできませんものね。どうぞ、ごゆっくり」

川久保はその夜、町に三軒だけある居酒屋のひとつで、したたかに飲んだ。久しぶりに泥酔《でいすい》して蒲団《ふとん》に倒れこむほどにだ。翌朝、通常勤務に戻ることが、かなり辛《つら》かった。

山岸三津夫の交通事故死については、明子もけっきょく受け入れたようだった。二度と相談にくることもなかったし、恨み言も言ってはこなかった。周囲に捜査への不満をもらしていたとも聞かない。何度か道ですれちがったときも、彼女はかすかに寂しげな微笑を向けてくるだけだった。

その年の、志茂別神社の例大祭の日、川久保は上杉とその取り巻き連中の顔を初めて見た。あれがそうだ、と、境内にいた片桐が教えてくれたのだ。

上杉は、想像していた以上に大柄な少年だった。いかにも柔道をやっていたらしい体格で、猪首《いくび》で肩幅が広かった。戸沼と福島というふたりの少年を従え、屋台のあいだを歩いていた。

その人ごみの中で、田代敬子を見た。彼女も友人らしき女の子数人と歩いている。上杉たちとすれちがうとき、上杉が敬子に何か声をかけたように見えた。敬子は、電気に打たれたかのように身をすくめ、小走りになって上杉たちから離れた。敬子の友人たちも、同じような表情で敬子を追っていった。

上杉は、しばらくのあいだ、敬子の後ろ姿を目で追っていた。遠目ではあったが、川久保は上杉のそのときの表情から、彼が敬子の後ろ姿に何を見ているのか、はっきりと想像することができた。

川久保は、敬子たちが完全に境内を出るまで、そして上杉らが彼女たちを追って行かないと確認できるまで、その場から動かなかった。

九月になったころ、つまり川久保の駐在所勤務も六カ月目に入った時期だ。川久保は、知り合いになったふたりの人物が、町からいなくなったことに気づいた。ひとりは山岸明子で、もうひとりは田代敬子だった。

気づいたあと、川久保は福祉会館の娯楽室に片桐を訪ねて、それとなく訊いた。

「山岸さん、最近見えなくなりましたね。Ａコープのレジにもいない」

片桐は、そんなことも知らないのか、とでもいうような目で言った。

「引っ越したよ。足寄《あしよろ》の実家に帰ったんだ」

「それは知りませんでした。最近？」

「ああ。先々週かな。三津夫のことが、やはりそうとうにショックだったんだろう。仕事を続ける気力もなくなったらしい。それで、親御さんが呼びもどしたんだ」

川久保は、山岸明子がときおり自分に見せた表情を思い出した。耐えることを決意した女性の、しかしいくらかは無理も感じられる寂しげな微笑。

川久保は言った。

「そういえば、田代さんのところの高校生も見ませんね」

「あの子は、転校した。札幌の親戚《しんせき》の家に行って、向こうの私立高校に入ったそうだ」

「転校?」

片桐はすっと目をそらしてうなずいた。

「そう」

「両親はこっちにいるのに?」

「そうだ」片桐は、逆に訊いた。「こっちには、もう慣れたか」

「なんとかね。五カ月もたちますから」

「ろくに事件もなくて、楽だろう」

川久保は、それが皮肉なのかどうかを考えた。お前は五カ月もここにいて、この町で何が起こっているのかも見えていないのかと、そう言われているようにも感じた。

「おかげさまで」

片桐は、もう何も反応しなかった。無表情に碁盤を見つめている。

川久保は制帽のつばに軽く触れてから、福祉会館を出た。

その夜、川久保は札幌の自宅に電話した。娘たちと妻の声が無性に聞きたくなったのだ。妻子の屈託のない明るい声を、その夜のうちに確認したかったのだった。

最初に電話を取ったのは、年長の娘だった。彼女は愉快そうに言った。

「お父さん、ホームシックね。やっぱり単身赴任って、さびしい？」

「あたりまえだ」と、川久保は答えた。「次の連休が待ちきれないぐらいにさびしい」

「そのうちあたしが車に乗るようになったら、毎週でも行ってあげる」

「そんなに長くはいないさ。何か変わったことはないか？」

「何も。先月も会ったばかりじゃん」

「何かあったら」と川久保は言った。「すぐお母さんに相談するんだぞ。お父さんの携帯に電話するんでもいい。なんでも相談しろよ。すぐにだ」

「どうしたの？　お父さんこそ何かあった？」

「いや、お前たちのことを考えているだけだ。いやなことが起こる世の中だからな。学校でも、街でも。とにかく気をつけろよ」

「何か事件なの？」

「いや、そういうことじゃない」

「待って。お母さんに替わる」

川久保は、妻にひとり暮らしのあれやこれやについて話し、さらに年下の娘のほうと学校の様子を話題にした。

川久保は、年下の娘にも言った。

「何かあったら、すぐに電話するんだぞ」

電話を切ってからもしばらく、川久保は携帯電話を畳まずに、手に握ったままでいた。

妻か娘たちのどちらかから、お父さん、じつは、という電話があるかもしれないという想《おも》いが残ったのだ。もちろんそれを期待したのではない。案じたのだ。一分間そのままでいた後、ようやく川久保は、携帯電話を畳むことができた。


九月末の土曜日、農協の収穫祭が近づいてきたころだ。駐在所に、所轄《しょかつ》署から交通事故の連絡が入った。

南七線の急カーブで、車同士の正面衝突があったという。通報してきたのは、通りかかったトラックのドライバーとのことだった。

川久保はすぐに現場へと向かった。午後の六時半だった。とうに日は落ちているが、まだ空にはかすかに明るさが残っている時刻である。

現場では、二台の車両が、道の左右にそれぞれ路外転落していた。カーブの内側に転がっているのは、アルミ箔《はく》を丸めたような軽自動車。反対側の路外にあるのは、トヨタの高級セダンだった。こちらも大破だ。エンジン・ルームは完全に潰《つぶ》れている。一台のトラックが脇《わき》に停まっていて、川久保が着くと、ドライバーが駆け寄ってきた。

ドライバーは言った。

「軽自動車の中にひとりいる。完全に死んでるみたいだ」

川久保は訊いた。

「知ってるひとか」

「ああ」近所の農家の主婦だという。「顔はよくわからないけど、あの軽はまちがいないよ」

「こっちは？」

「怪我《けが》をしてるけど、息はあった。ただ、動かしていいものかどうかわからなくて」

「知ってる顔かい」

「上杉のとこの昌治だよ。無免許のはずだけど」

上杉昌治。あいつか。

川久保はドライバーに言った。

「あんたの車を動かして、あのセダンのほうにライトを向けてくれないか」

「いいよ」

ドライバーは自分のトラックに駆けていった。

川久保はまず、軽自動車を確かめた。懐中電灯を向けると、たしかに運転席の女性はもう死んでいるようだ。身体《からだ》は押しつぶされている。即死だったろう。

川久保は道を横断すると、草原に半分突き刺さるような格好で停まっているセダンに近づいた。セダンのフロントガラスは割れており、運転席では上杉昌治がぐったりとしている。頭から胸にかけては、真っ赤だ。シートベルトはしておらず、下半身はつぶれたエンジン・ルームとシートとに挟み込まれているようだ。

川久保はガソリンの臭《にお》いをかいだ。わずかなものだ。爆発の心配はないだろう。

運転席のドアは半開きになっていた。川久保はドアを無理にひきはがすように開けた。上杉昌治が、かすかに目を開けた。意識はあるようだ。

「心配するな」川久保は頭だけ運転席に入れると、優しい調子で言った。「助かるよ。すぐに救急車がくる」

エンジン・キーをオフにして、上杉昌治の身体に手をかけた。うっと上杉はうめいた。

引っ張りだそうとしたが、脚がつぶれたエンジン・ルームとシートとのあいだにはさまっている。

「痛い」上杉は言った。「痛いよ」

かなりしっかりした声だ。助かるだろう。

川久保はもう一度上杉の傷の具合を見た。ガラスの破片で切ったのか、顔じゅうに切り傷がある。左耳の後ろからは血がかなりの勢いで流れ出ていた。動脈が切れているのかもしれない。止血は早いほうがいい。遅くとも、あと三分以内に。

川久保は、もう一度上杉の身体に手をかけ、引っ張りだそうとした。

「痛い」と、上杉はか細い悲鳴を上げた。動かしたとき、血の噴出の勢いが激しくなった。

川久保は、上杉に顔を近づけると、耳元でささやくように言った。

「いま、麻酔を射《う》ってやる。痛みがなくなるぞ」

もちろん、警察官が麻酔薬など用意しているはずもなく、それができる法的根拠もなかった。

しかし上杉は言った。

「早く」

「待て。ひとつ教えてくれ」

「早く、麻酔を」

「山岸三津夫を絞めたか？」

「山岸？」

「ああ。山岸三津夫を絞めたか？　あの日、墓地で絞めたか？」

「痛い。麻酔を」

「すぐ射ってやるって。山岸を絞めたんだな？　うなずくだけでいい。絞めて殺したな？」

上杉は苦しげに細目を開けた。それを答えるべきかどうか、混濁しかけた意識で考えているようだ。

川久保はもう一度、自分でも気色悪いと思えるだけの優しい声で訊《き》いた。

「絞めて、殺したな？」

上杉はうなずいた。はっきりと、二回。

「わかった」

川久保は上杉の肩に手を回し、力まかせに手前に引いた。上杉は、言葉にならない悲鳴を上げた。川久保は構わず、手荒に上杉を引っ張りだそうとした。しかし上杉の身体は、つぶれた運転席にはさまれて出てこない。

川久保は、いったん上杉から離れて叫んだ。

「手伝ってくれ。助け出す」

それからもう一度、千切れるなら千切れろという勢いで上杉昌治の身体を引っ張った。上杉はいま一度悲鳴を上げて、気を失った。側頭部からの血の噴出は、まだ収まっていない。

トラックの運転手の足音が近づいてきた。

川久保は、上杉の身体をなお懸命に引っ張りながら叫んだ。

「手伝ってくれ。もうちょっとだ。引き出せる」

運転手が川久保の脇に立って、上杉昌治の体に手をかけた。

救急車と警察車の到着はほぼ同時だった。川久保がこの現場に着いたときから、十四分後である。

駆けつけてきた救急隊員は、運転席にはさまれたままの上杉昌治の身体を診て言った。

「死んでます。どうやら失血死。いや、失血によるショック死かな」

交通係係長の宮越が、川久保と上杉昌治を交互に見つめながら訊いた。

「誰だって？」

川久保は答えた。

「上杉昌治。高校生」

「死んでたのか？」

「いえ。着いたときは、息はあった」

脇から、トラックの運転手が言った。

「助け出そうと、おれもお巡《まわ》りさんを手伝ったんです。だけど、手遅れでした」

興奮した口調だった。

宮越は、いまいましげに周囲に目をやって言った。

「くそっ。よりによって、おれがきて半年で交通事故死三人とはな。管内最悪の数字だ」

川久保は首を振って言った。

「いいや。交通事故死ふたり、殺人がひとつですよ」

宮越は首を傾《かし》げて言った。

「まだあの件、こだわってるのか」

「ええ。あんたはこのあいだまで施設課にいたそうだけど、わたしは十五年、刑事課にいた。見えるものがちがう」

川久保は宮越に背を向けてその場を離れた。あとの処理は、交通係にまかせておけばよい。もう駐在警察官の出る幕ではないのだ。このあとおれがやるべきは、事故死者の家族に事故を連絡し、お悔やみの言葉を伝えることぐらいか。つけ加えて、こういう事情だから現場にきて身元を確認して欲しいと。

道路まで歩いて振り返った。

宮越が、まだ川久保を見つめていた。その顔には、驚愕《きょうがく》と疑念とがないまぜになったような表情が浮かんでいた。どうやらようやく、おれのいましがたの言葉の意味に思い至ったようだ。

川久保は立ち止まり、宮越の視線を受け止めて見つめ返した。

交通事故死ふたり、殺人ひとつ。

おれはそれで、自分を納得させるつもりだ。お前はどうだ？

遺恨

犬には、顔がなかった。

いや、より正確な言い方をするなら、顔と呼ぶべき形がなかった。本来なら頭部の中心であるはずの場所に、肉と骨のミンチがあるのだ。これでは、顔と呼ぶことはできまい。

顔はないが、残った胴体と四肢部分から、それは黄色っぽい大きな犬だとわかる。ラブラドール・レトリーバーのようでもあるが、全体にもう少し筋肉質とも見える。何かべつの大型犬との雑種だろうか。

首には、川久保《かわくぼ》の革ベルトと同じくらいの太さの首輪をつけている。

川久保篤《あつし》巡査部長は犬の脇《わき》にしゃがみ、軍手をはめた手でそっと、かつて顔であった部分に触れた。鼻梁《びりょう》から両眼、そして額にかけて、骨が完全に砕けて陥没している。

斧《おの》を叩《たた》きこんだようにも見える。しかし、たぶん銃創だ。わりあい近い距離から散弾銃で撃ったのだろう。

川久保は立ち上がってから、周囲を見渡した。

市街地から五キロほど離れた、一面牧草地の広がるエリアの中だ。目に入る範囲で、人家は農道沿いに四戸見えるだけ。みな酪農家だ。ここは畑作農家の多い町だが、このあたりだけは珍しく酪農エリアなのだ。起伏地が多いせいかもしれない。川久保の立っている位置からだと、最も近い酪農家でも五百メートル以上はありそうだ。

もう晩秋と初冬の境目とも言える季節だった。牧草地はすっかり色褪《あ》せ、木立の木々の葉は完全に落ちている。風景からは、夏の盛りのときのような旺盛《おうせい》な生命力は失《う》せていた。哺乳類《ほにゅうるい》の死もさほど違和感はなく感じられる。そんな空気の中、犬は農道脇の草地で死骸《しがい》となっているのだった。

「駐在さん」と、川久保の横で男が言った。

自分の犬を撃たれた、と通報してきた男だ。大西という。この近所の酪農家だ。歳《とし》は四十ぐらいだろうか。前髪を伸ばしているせいか、どこか学生っぽい雰囲気がある。

川久保が顔を向けると、大西は言った。

「たしかに昼間は放していたけど、撃ち殺さなくてもいいだろ。こんなむごいことをすることはないだろ」

川久保は言った。

「ああ。キタキツネと間違えたってはずもないな」

「鹿《しか》とも熊《くま》とも間違えないよ。犬がなついてすり寄っていったところを、真正面から撃ったんだ」

この地方は、エゾ鹿猟のために散弾銃を所持している住民は少なくないが、他人の飼い犬を撃つという行為は立派に犯罪にあたる。器物損壊罪だ。いや、犬を撃つという行為そのものが、ほかの重大事件の発生さえも懸念《けねん》させる。きちんと発砲犯を特定し、必要な措置を講じなければならないだろう。

川久保は、制帽を脱いで頭に空気を当ててから、大西に訊《き》いた。

「あんたの犬は、日中はいつも、放されていたんだね？」

「一日じゅうってわけじゃない」大西は弁解するように言った。「朝、ちょっと放してやるのさ。すると近所に散歩に出ていって、三十分もしたら戻ってくる。あとはずっと、牛舎の隅で寝そべってる」

「ひとなつこい犬なのか？」

「愛想よすぎるくらいさ。人間なら、水商売をやらせたいぐらいだ。甘えるのが大好きな犬だ。いままで誰かに牙《きば》を見せたこともない」

「メスなのか？」

「そう。四歳の雑種。ラブラドール・レトリーバーって犬の血が入ってる」

「高い犬なのかい？」

「いや、雑種だから、値段はないだろう。知り合いからただでもらったんだ」

「牛を飼ってる農家さんは、放し飼いの犬は嫌がるだろう」

「いいや。近所から苦情をもらったこともないよ。夜は必ずケージに入れてるし」

「なのに昨日は帰ってこなかった」

「ああ。夜中にどこかで悪さして、こっぴどくやられたのかもしれないと思った。それでさっき探しに出てみたら、こうさ」

農道を、一台の四輪駆動車が近づいてきた。川久保はその車に目をやった。男がふたり乗った車だ。農道に停めた警察車の横を、徐行して通り過ぎてゆく。犬に気がついたのか、助手席側の男が、おやという表情を見せた。

通り過ぎて行くとき、川久保はナンバーを見た。習志野《ならしの》ナンバーだ。ということは、この季節だ、エゾ鹿猟にやってきたハンターなのだろう。この十勝《とかち》地方、いまの時期は本州から毎日のように大勢のハンターが入っているはずである。

大西が、その四輪駆動車を目で追いながら言った。

「撃ったのは、ああいう連中かね。一匹も獲《と》れなかったとき、腹いせに手当たり次第に鉄砲を向けて、弾を撃ち尽くしていくらしいから」

川久保は言った。

「まだ決まったものじゃない。一応器物損壊罪って犯罪になるんだ。犬をきちんと検視していいかな」

「検視？」

「犬の場合は、そうは言わないかもしれない。いずれにせよ、死因の特定が必要になる」

「大学にでも持ってゆくのかい？」

帯広には畜産大学があるが、ここから六十キロ以上ある。それよりは、隣町の共済組合に運ぶほうがいいだろう。

「いや。共済の獣医に頼もう。あんたのトラックで、診療所まで運べるか？」

「いいよ。だけど、共済の獣医は、牛しか扱ってないだろう」

「検視ぐらいは、やってくれるさ」

大西は、自分の犬の死骸に近寄って前脚に両手をかけ、引き起こした。ツナギの作業服が、たちまち血で汚れた。

川久保は犬の後脚を持ち上げた。持ってみると、かなり重さのある犬だとわかった。四十キロ以上はありそうだ。中学生とか、あるいは小柄な女性ほどの体重と言える。

川久保は、巷間《こうかん》言われている言葉を思い起こした。

変質者は、小動物を殺すところから社会とずれてゆく。殺害の対象はやがて……。

そうならなければよいが、と川久保は願った。この事件がハンターの気まぐれで終わってくれるのなら、むしろそのほうがいい。

十一月の月曜日、午前十一時だった。

川久保が勤務する志茂別駐在所は、人口六千人ほどの志茂別町全域が受け持ち区域である。

川久保が札幌から単身赴任することになったのは、北海道警察本部が、人事面の荒療治にかかった結果だった。道警本部は、「癒着」をおそれるあまり、警察官をひとつの地域や職種に長く留めないことを最優先の原則としたのだ。その結果、方面本部にも所轄《しょかつ》にも専門性を持ったベテラン捜査員がいなくなり、地域の実情に通じた警官もその土地にいなくなる。道警本部はそれを承知した上で、この形式的な「対策」を実施したのだ。

札幌のある所轄署では、この大異動をめぐって現場警察官と幹部とのあいだがこじれにこじれ、四人の警察官が退職届けを出したほどだ。警察機構においては、部下から三下《みくだ》り半《はん》を突きつけられるというのは、管理職の資質を疑われる一大事件である。この事件以降、ほかの署では、絶対に退職警官を出すなと、きわめてナーバスな対応が取られるようになった。だからあのとき、単身赴任以外はできない、という川久保の主張を、上司も呑《の》むしかなかったのだ。

それでもときどき、ひとりきりでの駐在所勤務は難しいと思うことがある。留守のあいだの電話番がいれば、と思ったことも一度や二度ではなかった。大都市の交番では、地域勤務の長い退職警察官を、嘱託の相談員としてそのまま交番に置くことはあるが、それだって費用のかかることだ。こんな小さな町の駐在所では、望むべくもない。もしこの駐在所が、とても単身赴任では対応しきれないほどの多忙となったなら、広尾署も考えてくれるかもしれないが。しかしいまは、大事件が重ならないことを、ひたすら祈るだけだった。

共済組合の家畜診療所から駐在所に帰って、広尾署に連絡した。

川久保の話を聞き終えると、上司にあたる地域係の係長は言った。

「犬だろ。雑種なんだろ。サラブレッドが撃たれたっていうんならともかく、そんなの、ハンターが通りすがりにぶっ放していったからって、うちらが動くようなことじゃないだろう」

面倒臭い、とはっきり言っている口調だった。

川久保は言った。

「散弾銃が使われてるんです。生活安全係が動くべき事件と思います」

「今年は熊が多いんだ。地元の猟友会にはいつ世話になるかわからない。誰か特定できても、厳重注意で収まる話じゃないのかね」

「だけど」

係長は、これで打ち切りとでも言うように、ぴしゃりと言った。

「被害届け、受理しておいて。生安《セイアン》の様子見て、話しておくから」

川久保は、鼻から荒く息を吐きつつ電話を切った。大西には、この件がすぐには捜査とはならないことを伝えねばならない。

大西に電話すると、彼は落胆した調子で言った。

「わかった。被害届けは、明日にでも出しに行く」

川久保は、慰める調子で言った。

「わたしも、近所をあたってみますよ。何かわかるかもしれないから」

「わかってどうなる？」

「すぐにもきちんと捜査すべき、と上の判断が変るかもしれない」

「近所をあたる程度のことなら、おれがやったほうが早いかもしれんぞ」

「大西さん本人がやると、差し障《さわ》りが出るかもしれないでしょう」

「警察が動かないなら、自力でやるしかないさ」皮肉だった。「自己責任ってやつで処理するさ」

このおれにも腹を立てたな、と川久保は感じた。それも無理のないところだとは思うが。

地元猟友会の名簿を取り出して見てみると、十六人の名が書かれていた。銃の所持者がみな猟友会のメンバーとは限らないから、じっさいにはこの町にはもっと多くの銃の所持者がいることだろう。銃の所持者名簿と登録書類は、広尾署・生活安全係のロッカーの中だ。

猟友会メンバーの住所を地図であたりをつけた。大西の牧場の周辺には、四人猟友会のメンバーがいる。この四人をあたってみることにした。

最初は、犬の死骸があった現場にもっとも近い酪農家だ。木崎、という家だった。

木崎は、牛舎の脇の事務所に川久保を通して、椅子《いす》を勧めてくれた。

川久保は、大西の飼い犬が散弾銃で撃たれて殺された件を話して、訊いた。

「昨日のことだと思うんですが、散弾銃の音など聞きませんでした？」

「さあてな」六十を越えていると見える木崎は、白い無精髭《ぶしょうひげ》を撫《な》でながら言った。「重機に乗ってたら、何も聞こえないしな」

「ハンターの姿なんて見ていない？」

「じっさいに鉄砲を構えてない限り、そいつがハンターかどうかわからんだろ」

ハンターには独特のファッションがある、とは思ったが、川久保は質問を変えた。

「この近所にも、散弾銃を持っている家は、多いですよね」

「ああ。おれだって持ってる」

「木崎さんも」

「そうだよ。時効だと思うから言うけど、昔は牛がへたると、自分で処分して埋めた。斃獣《へいじゅう》処理場になんて持っていかなかったからな。だから鉄砲が必要だった」

「最近は使いました？」

「今年はまだだ。もう少したったら、大津のほうに鴨《かも》撃ちに行くつもりだけど」

川久保はもう一度質問の方向を変えた。

「ところで、大西さんの犬は、ご近所迷惑だったりしていませんでしたかね？」

「べつに。うちだって、二匹、昼間は放してる」

「大西さんの犬が、とくべつ誰かとのトラブルのもとになってる、なんてことはないんですね」

「犬のことはともかくとしても」木崎は、何か含みのあるような口調で言った。「酪農家ってのは、みんなそれぞれ我の強い連中だからな」

「大西さんも、我が強くてトラブルメーカー、ってことですか」

「そうは言ってないよ。おれのことだって、この近所の評判を聞いて回れば、どうのこうの言うやつがいると思うってだけだ」

大西自身にか、それともこの地域にか、どちらなのかはわからないが、何かトラブルめいたものがあるということなのだろう。

四軒目に訪ねた家は、かなりの大規模酪農家だった。ガルバリウム鋼板の屋根と壁の建物群は、酪農家の施設というよりは工場である。乳牛を二百頭以上飼育する規模だ。敷地入り口に看板があって、農業生産法人・篠崎《しのざき》牧場と記されている。

牛舎の向かい側に、住宅らしき建物がふたつ見えた。どちらも和洋折衷の様式の、あまり美しいとは言えぬ建物だ。手前の住宅のほうが大きく、奥の住宅は新しかった。ふたつの建物を、小さな池と和風の庭が隔てている。

手前の住宅の前には、メルセデスの白いセダンが停まっていた。奥の家の前には、銀色の国産四輪駆動車がある。

牛舎の脇《わき》で、青年が一輪車を押していた。キャップを目深《まぶか》にかぶっており、ツナギ服に白い酪農家用のゴム長靴姿だった。

川久保は警察車を停めて下りたってから、一輪車の青年に訊《き》いた。

「駐在の川久保だ。篠崎さんは、いまいるかな？」

青年は一輪車を停めて立ち止まり、頭を振りながら言った。

「わからない。知らない」

質問が聞こえなかったのか？

そう思ってから気づいた。外国人なのか。日本語が話せないのか。

わかった、という意味で青年に手を振ってから、川久保は手前の建物へと向かった。有限会社・篠崎牧場と表札が出ている。つまり、こちらが事務所だ。母屋《おもや》を兼ねているのかもしれないが。

玄関口に立ったとき、中から怒鳴り声が聞こえてきた。川久保は足を止めて聞き耳を立てた。何を言っているかは聞き取れない。ただ、ふたりの男が激しく言い合っている。ふたりとも本気の罵《ののし》り合いだ。

ドアを開けるべきかどうか、ためらった。怒鳴り声ではあるが、暴力沙汰《ざた》になっている様子でもない。さほど切迫したものではないのだ。いま入っていっては、バツが悪かろう。川久保はその場で帽子を取り、頭をかきながら周囲に目を向けた。

敷地の奥、巨大な鉄骨造りの牛舎の裏手で、何か工事が行われている。ブルドーザーが動いていた。施設の基礎工事だろうか。

そのさらに奥では、若い男がショベルカーを運転していた。ショベルカーの前面には穴が掘られているようだ。

廃材を捨てているのか？

厳密に言えば、解体工事で出る産業廃棄物は、法規に従って処分しなくてはならない。好き勝手に埋めてよいものではない。だからこれは違法行為だ。

しかし酪農家であれば、ごくふつうに行われていることだ。いましがた木崎も言っていたように、昔は処理場を通さずに牛を処分することだってあたりまえだったのだ。駐在警察官の身では、あまり厳格に対処すべきではないことだろう。少なくともいまは。

住宅の中から響いていた怒声は、ふいに収まった。玄関口の中でひとの動く気配がした。川久保は素早く数歩下がった。

玄関の引き戸を開けて、男が出てきた。三十歳ぐらいの男で、顔が上気している。目がつり上がっていた。目の前の川久保に気づいて、男はぎくりとしたように足を止めた。男は、灰色のツナギの作業服に、濃紺のアノラックを引っかけている。足元は、オリーブ色のゴム長靴だった。釣りが好きな男なのかもしれない。

川久保は訊いた。

「篠崎さんかな？」

相手の男は、険しい顔のままで言った。

「篠崎章一ならおれだ。それとも親爺《おやじ》かい？」

「このうちのご主人さん」

篠崎章一と名乗った男は、鼻で笑った。

「篠崎征男《まさお》なら、事務所の中にいるよ。親爺、何かやったのか？」

「いや、近くで犬が撃ち殺されたものだから、何か耳にしていないかとこの近所を回ってるんだ」

「犬が撃たれたって、鉄砲でかい？」

「散弾銃だ」

「親爺なら、やりかねないな」

川久保は驚いて訊いた。

「ほんとうに？」

相手は首を振った。

「嘘《うそ》、嘘。冗談だよ」

そうは聞こえなかった。

篠崎の息子が四輪駆動車のほうに立ち去ってから、川久保は事務所の玄関の扉を開けた。

建物の中、風除室のすぐ内側は、土足でも入ってゆける造りになっていた。部屋の中央には灯油ストーブがあり、その後ろの壁には、牡《お》鹿《じか》の首の剝製《はくせい》がふたつ掛けられている。

事務所にいたのは、恰幅《かっぷく》のいい、赤ら顔の大男だった。歳《とし》は六十近くと見える。彼もまた、なにやら興奮が収まっていないという表情だった。

川久保が自己紹介すると、相手はようやく顔を和らげて言った。

「篠崎です。駐在さんには、前にも会ってるんですよ。町の懇親会で」

覚えていなかった。あのときは、五十人以上の町の有力者から、名刺をもらったのだ。

川久保は世間話から始めた。

「大きな牧場なんですね」

「ああ。二百二十頭搾《しぼ》ってる。町では一番かな。農業法人にしてる」

「働いているのは、外国人ですか?」

「そう、中国人だ」篠崎征男はあわてた様子でつけ加えた。「不法滞在じゃないよ。きちんとした研修生。三人受け入れてるんだ。あいつらが何か?」

「いや、その話じゃないんです」

川久保は、近所で犬が撃たれた話をかいつまんで話して、それまで三回繰り返した質問をここでも篠崎にぶつけた。

篠崎征男は、厚い唇の片側だけ持ち上げて言った。

「おれも散弾銃は持ってるよ。鹿撃ちもやる。このあたりじゃ、ついこのあいだまで、鉄砲は必需品だった。いまでも持ってるひとは多いんじゃないのか。探せば、眠り銃もきっとあるぞ」

「大西さんの犬のことで、トラブルなんて聞いていませんか」

「いや。あそこは犬を飼ってたかい？」

「ええ。大型の、黄色い雑種でした」

「知らないなあ」

「大西さん自身が誰かとトラブルを起こしていた、なんて話も聞きませんか」

「聞いてない。あのひとは農協の役員をやったこともあるし、このあたりじゃ一番人望あるひとだしな」

「何か耳にしたら、連絡をもらえませんか。罪名は器物損壊罪ですけど、散弾銃が使われたっていうのはちょっと心配なところなんです」

「いいさ。おれも、このあたりが物騒になっては欲しくない。お巡《まわ》りさんには、もっと頻繁にこっちにも顔を出してもらいたいところだ」

「できるだけ、そうしますよ」

川久保は腰を上げた。きょうのこの聞き込みは、正直なところを言えば、事件解決のための聞き込みとはちがう。あの犬の射殺について、警察も関心を持っている、ということをこの一帯の住民にアピールするためのものなのだ。とりあえずは、これで十分だろう。

川久保は、制帽をかぶって事務所を辞した。


この季節、午後の四時にはもう日没である。川久保は、空がすっかり暗くなってから、駐在所の並びの福祉会館に向かった。この地域のありとあらゆる情報に通じた男がいる。彼に少し、教えてもらいたいことがある。

片桐義夫《かたぎりよしお》は、福祉会館の娯楽室で、いつものようにひとり詰め碁を考えていた。

川久保が入ってゆくと、片桐は川久保にちらりと目を向け、ぶっきらぼうに言った。

「こんどはどんな事件だい？」

川久保は片桐の向かい側に腰を下ろして、大西の犬の一件を話した。話しているあいだ、片桐は碁盤を見つめたままだ。

川久保は、話を締めくくった。

「こういう季節ですから、本州からきてるハンターのいたずらだ、って考えるのが、一番自然だとは思うんですが」

片桐の反応は意外なものだった。

「どうかね。二十年ぐらい前にも、似たようなことが起こった」

川久保は驚いて訊いた。

「犬が、撃たれたんですか?」

「ああ」

「詳しく教えてください」

「おれも詳しいことは知らない。犬が撃たれたけれど、事件にはならなかった。誰が撃ったのかは、とうとうわからず仕舞いだったはずだ」

「撃たれたのは、どなたの犬です?」

「もう町にはいない男だ。当時、町会議員だった」

「では、何か政治がらみ？」

「わからない。あんたが大西さんの犬の話をするから、ふいに思い出しただけだ」

そういう土地柄なのだ、と理解すればよい話なのだろうか。廃牛が出るとき、散弾銃で撃って埋めるというのが普通だった土地の。

川久保はさらに訊いた。

「大西さんって、どういうひとなんですかね。周囲の評判とか。トラブルを起こしがちなひとだろうか」

「ま、主張することはしっかり主張するひとだな。ああいう性格じゃ、こういう小さな町じゃ生きにくいだろう」

「ということは、大西さんは、近所とは仲が悪いんですかね」

「べつに仲が悪いってことはないと思うけど。ただ、新規就農だ。離農農家跡に入って、まだ十五年くらいだ。地元にはなじんでないのかもしれない」

「人望がある、って話も聞きました。農協の役員もやったことがあるんでしょう」

「インテリだからね」片桐は、札幌にある農業大学の名を出した。大西はその大学の酪農科の卒業生だという。「新しいタイプの農家だ。そういえば」

片桐は、ひとつ思い出した、という表情になった。

「大西さんが、農協の集まりで篠崎さんとやりあったって、誰かが言っていたな」

「どういう問題で？」

「中国人研修生の待遇についてだ」

川久保は、篠崎が中国人研修生を使っていると言っていたことを思い出した。牛舎のそばで一輪車を押していた青年も、中国人研修生だったのだろう。

「待遇が問題だっていうのは？」

「それって、ひどすぎやしないかと問い詰めて、篠崎さんがぶち切れたって話を聞いたぞ」

「給料が安いんですか？　最低賃金法ぐらいはクリアしてるんでしょう」

片桐は首を振った。

「中国人研修生の給料は、ひと月四万だ。研修なんだから、安くてもいいだろうってことらしいけど、実質はただの単純労働者だよ。研修なんてない。飯と宿舎はつくけど、いまどき四万の給料で、日本人なら誰が働く？」

川久保は思った。日本人が同じような仕事に就けば、最低でもたぶん手取り十二、三万円にはなるだろう。食事・宿舎を提供したとしても、それは使う側にとってみれば好条件と言える。

片桐は言った。

「四万たって、月々現金で渡されるのは二万。あとの二万は、受け入れ団体が預かって、帰国するときに空港で渡すんだ。逃げて不法就労しない用心ってことらしい」

川久保は「タコ部屋」という言葉を思い出した。終戦まで、北海道ではふつうにあったという制度だ。安い賃金で労働者を酷使するシステム。監獄部屋、とも呼ばれる。

片桐はさらに続けた。

「労働条件や待遇で、研修生が文句を言おうとする。すると、受け入れ団体が調査にきてくれることになっているが、その調査の実費は、研修生が預けてある残り二万の積み立て金のほうから引かれる。つまり、研修先がかなりひどいことをやっても、研修生は文句を言えない仕組みになってる」

始めて聞く話だった。

川久保は訊《き》いた。

「大西さんは、それを問題にしたんですか？」

「ああ。そういう労働力を使って営農することに問題はないか、と言ったらしい。篠崎さんは、本人たちが了解してることを、なんで貴様が問題にするんだと怒ったとか。殴り合いになるところだったと聞いたぞ。篠崎さんも、切れやすいひとだからな」

「切れやすいんですか」

「コップ酒三杯目からは、みんな篠崎さんには近づかないよ」

篠崎は、大西とは何のトラブルもないと言っていた。それを隠していた、ということで、彼には要チェックのマークをつけておくべきかもしれない。

片桐は言った。

「大西さんは、篠崎さんが研修生たちを牧場から一歩も外出させないことも問題にした。休みの日も、車を出さないいんだ。研修生たちは足がないから、篠崎さんが送ってやらなかったら、どこにも行けない。近所の町にきている研修生仲間と連絡を取り合うのも禁止だ。秋に農協のお祭りがあったとき、大西さんは篠崎さんに、研修生も参加させてやれと言ったんだが、篠崎さんの返事はなんだったと思う？」

「どう言ったんです？」

「町に連れていって、連中がコンビニのパート募集チラシでも目にしてみろ。時給六百五十円なんてのを読んだら、たちまち逃げちまうだろう、と」

「殴り合いになりかけたのは、いつごろのことなんです？」

「一年くらい前のことだろう。この春からは、大西さんはずっと、中国人研修生の受け入れについて、やりかたを変えたほうがいいと言ってたらしい」

「篠崎さん相手に？」

「篠崎さんにも、農協の中でも」

「農協は、どういう反応なんです？」

「このあたりの酪農家は、大部分が夫婦ふたりだけの家族経営だ。研修生のことなど、関係ないよ」

「ということは、トラブルは大西さんと篠崎さんとのあいだの問題ってことかな」

「それがトラブルだって言うならね」

「それがエスカレートしていたのだろうか」

「さあて。これ以上のことは知らない」

言葉どおりに受け取ってもいいようだ。いま聞いただけでも、十分にいい情報だと言えた。発砲罪と器物損壊罪について本格的に捜査が始まるときには、役に立つだろう。


その二日後の水曜日は、週末来続いた小春日和《こはるびより》から一転、風に小雪の混じる寒い日となった。川久保は、寒さのせいで目を覚まし、昨夜は灯油ストーブの火を完全に落としていたことを思い出した。

起きて居間の窓に寄り、外気温計を見た。マイナス二度だ。寒いわけだった。ヤカンをガスコンロにかけたとき、電話が鳴った。

受話器を取ると、所轄《しょかつ》署である広尾署からだった。地域係の係長が言った。

「志茂別で傷害だ。被害者は、もう死んでいるかもしれん。いま、刑事係が出たが、臨場してくれ」

一一〇番通報だったという。通報者は、志茂別町の篠崎章一という男だ。

そこまで聞いて、川久保は驚いた。一昨日訪ねたばかりの酪農家ではないか。

係長は続けた。篠崎章一が今朝目覚めたら、父親が居室で血だらけになって倒れていたという。ナイフか包丁で切られたらしい。抱き起こしたが、意識はないとのことだった。

係長は続けた。

「篠崎牧場では、中国人研修生を三人使っていたが、三人ともいないという。車が一台、牧場から盗まれている」

もう犯人の目処《めど》はついている、と言っているように聞こえた。おそらく、その研修生たちと盗まれた車は手配されたのだろう。

川久保はガスを止めると、制服の上にさらに冬季用外套《がいとう》である革製の黒いコートを着て、駐在所を出た。コーヒーと朝食はあとまわしだ。


篠崎牧場に着いて、事務所に入った。

中は、散らかっている。たしかに強盗が入った跡のように見えた。

隅のデスクの後ろで、篠崎の息子が電話をしているところだった。

酪農ヘルパーを緊急に頼んでいるところらしい。話しぶりでは、あまりにも突然のことなので、すでに近隣の業者にはいくつか断られたらしい。

その電話を終えてから、章一は川久保に顔を向けて言った。

「親爺《おやじ》は、奥の寝室です。救急車も呼んだ」

章一はブルーのツナギ姿だ。袖《そで》や胸元が赤く汚れている。酪農家用の白いゴム長靴を履いていた。

「親爺さんの様子は」と川久保は訊いた。事務所の奥のドアが開いており、その向こうに廊下が延びている。廊下の床板には、赤い染《し》みがいくつか見えた。

章一は言った。

「血まみれだ。抱き起こそうとしたけど、もう冷たい感じだった。生きているようには見えない」

救急車のサイレンが近づいてくる。広尾から急行してきたのだろう。

「ほかに誰か、現場に入っているかい？」

「おれだけです」

「ほかの家族は？」

「おふくろは、先週から札幌に行ってる。親爺とおれしかいなかったんだ。おれは」章一は、窓の外を指さした。「あっちのほうに寝起きしてるから、今朝まで気がつかなかった」

自分も寝室に行くか。それとも現場保存を優先するか。少しだけ迷った。章一が言うようにもう死んでいるのだとしたら、駐在警官はあまり現場を荒らすような真似《まね》はしないほうがいい。

ほどなく救急車が事務所の前に到着した。表が騒がしくなり、ふたりの救急隊員が駆け込んできた。

章一が立ち上がって救急隊員たちに言った。

「こっちです。よろしく」

川久保も章一と救急隊員たちのあとに続いた。事務所から靴を脱いで廊下を進むと、篠崎征男が倒れているという寝室だった。

ドアは開いている。救急隊員たちが、そのドアの前まできて、あっと短く声を上げた。

布団《ふとん》の上で、ひとが大の字に倒れていた。顔のあたりは、つぶれているようだ。鮮血が周囲の寝具の上に飛び散っていた。川久保は先日の犬の死骸《しがい》を思い出した。口の中にふいに苦みが満ちた。川久保は思わず顔をしかめた。

救急隊員たちに続いて章一が部屋に入ろうとするので、川久保は彼の肩を押さえた。

「あんたは、こっちに」

章一は、素直に従った。

救急隊員たちは篠崎征男のそばにかがみこんだ。年長の隊員がすぐに言った。

「もう息はありませんね。このままにしておきましょう」

救急隊員たちは、靴下に血がついたことを気にしながら廊下に出てきた。

川久保は訊いた。

「研修生がいなくなったのは、いつなんだろう？」

章一は答えた。

「昨日のうちじゃないのかな。軽乗用車が一台消えてる」

「事務所から、何か盗まれていますか？」

「手提げ金庫がなくなってる」

「発見は何時ころ？」

「電話した直前だから、二十分か、せいぜい三十分前かな。事務所がこのとおり荒らされていたんで、あわてて和室も見たんだ。そうしたら、親爺は……」

章一は言葉を切って首を振った。

四分後に、広尾署の捜査員たちが牧場に到着した。刑事係の池畑という警部補がこの場のチーフ格のようだ。彼はたしか、広尾署の刑事係三年目である。この手の事件について、まったくの素人《しろうと》ではないはずだが、殺人事件を扱ったことがあるかどうかはわからない。まだ四十前と見えるが、その年齢で警部補なのだから、試験には強い男なのだろう。

池畑たち捜査員六人も、ドアの前まできたところで、短くうめいた。

救急隊員が、池畑に言った。

「すでに死亡しています」

「死因は？」と池畑が部屋の中に視線を向けたまま訊いた。

救急隊員は、腹立たしげに言った。

「顔がつぶれているんですよ」

見れば想像がつくだろうと言っているようだった。凄惨《せいさん》な殺人現場を見て、気が立っているのだろう。

池畑がさらに訊いた。

「死亡推定時刻は？」

「死後硬直の印象では、七、八時間以上前ですね。あるいはもっと」

「昨日のうちか」池畑は時計を見ながら言った。「かなり遠くまで行ってるな」

どうやら広尾署刑事係は、いなくなった中国人研修生三人が殺害犯であると、決めてかかっているようだ。

池畑が川久保に顔を向けたので、川久保は名乗ってから、自分の横にいる篠崎章一を示して言った。

「ここにいるのが、第一発見者。息子さんです」

「ご苦労さん」と池畑は言った。「牧場のゲートから中に、車もひとも入れないでくれ。地域係がきたところで交代していい」

川久保は、わかりました、と答えて外に出た。

制服警官がここでは必要とされていないのであれば、指示されるまでもなく、自分は現場を離れるべきだろう。

駐在所に戻る途中、川久保は広尾署の第二陣の警察車とすれちがった。

三時間後には、釧路《くしろ》方面本部から応援が到着した。広尾署に捜査本部も設置されることになると伝えられた。篠崎牧場のある地区一帯では、聞き込みも始まったらしい。

お昼、駐在所で弁当を食べている最中、広尾署からまた連絡があった。

広尾署に置かれた捜査本部は、やはり消えた三人の中国人を重要参考人として手配したという。ただし、まだ三人は遠くまで逃れていない可能性もある。町の周辺もしくは十勝地方に留まっていることも考えられるので、不審者や外国人への職務質問の強化を、との指示だった。

その日の午後には、マスメディアも大挙押しかけ、篠崎牧場の周辺で取材をしていった。川久保自身、町役場の前と農協の前で、テレビ局の関係者が取材している場面を見た。のどかな農村を襲った恐怖、とでもタイトルをつけられて、この夜のニュース番組でセンセーショナルに報道されるのだろう。

午後の六時過ぎに、川久保はまた福祉会館に片桐を訪ねた。娯楽室にはもうほかに利用者はいなかった。片桐も碁盤を片付けようとしているところだった。

川久保は片桐の前に腰をおろし、いまコンビニで買ってきたウーロン茶のペットボトルを片桐の前に置いた。

「聞いていますか？」

片桐はうなずいた。

「びっくりするような事件が起こったな」

「どう思いますかね？」

「何も。わたしは何も事情を知らん。あれこれ無責任なことは言えんよ」

「いままでにこんなことは？」

「外国人が疑われるような事件ってことかい？」

「ええ。何人《なにじん》でもいいけど」

「ないね。このあたりじゃ、いまだに外国人なんてほとんど見ない。中札内《なかさつない》にはフィリピン・バーがあるし、イギリス人の英語の先生もいる。中国人の農業研修生もいるとは聞くけど、町で見かけたこともない。せいぜいその程度だからな」

川久保は、話題を変えた。

「篠崎牧場、家庭は複雑なんじゃないですか？」

「何か耳にしたのかい」

「いえ、なんとなく感じただけです。章一さんと親爺さんは、うまくいってました？」

片桐は、左右に視線を走らせた。娯楽室にほかにひとがいないか、確認したかのようだった。

「いまじゃ、もうほとんど話題になることもない話だけど」片桐は、いくらか声の調子を落として言った。「篠崎さんが死んだから言うが、章一さんは実の息子じゃないって噂《うわさ》がある」

「そうなんですか？」

「たしかなことは知らん」

片桐の話では、章一というのは篠崎が最初の夫人とのあいだにもうけた子なのだという。ただしこの夫人は、姑《しゅうとめ》にいじめられ、何度か実家に帰ったりしていた。章一を生んだのは、そんな時期のことだ。その夫人は、章一が六歳のときに死んだ。表向き、交通事故死、と伝えられているけれど、それが自殺であったということは、地元民はみな知っている。

その後、篠崎は後妻をもらった。新しい夫人はふたりの子供を生んだ。子供はふたりとも、いまは札幌の学校に通っている。

「次男坊が優秀なんだ」と片桐は言った。「北大に入った。いま大学院だ。アメリカに留学もしたとか」

川久保はもう一度訊《き》いた。

「章一さんは、父親とはうまくいってました？」

「どうかね」と片桐は言った。「わたしがまだ若かったころ、あのあたりの地区を配達していた。章一さんは、いつも垢《あか》じみた、ひどい格好をしていたな。まったくかまわれていないみたいだった」

「だって、最初の子なんでしょう？　爺《じい》さん婆《ばあ》さんも、初孫は可愛《かわい》かったはずだ」

「いや、あの子は爺さん婆さんにも、疎《うと》まれてた。篠崎さんも、あの噂は耳にしていたろうから、ほんとに可愛がっていたかどうか。後妻さんが次男を生んでからは、章一さんは同じうちの子供かと思うぐらいに、差をつけられて育ったはずだ」

「ぐれたりしなかったんですかね」

「親爺は、拳骨《げんこつ》で教えるタイプだからな。怖くて、章一さんはぐれることもできなかったんだろう」

「いまは、派手な暮らしをしてるように見えますが」

「いつか、吹っ切ったんだろうな。何年か前から、父親にわがままを言って通すようになった。遊び、車、借金。父親のほうも、いくらか甘やかすようになってるって話だ」

「でも、死んだ篠崎さんが目をかけていたのは、次男坊のほうなんですね」

「次男坊のほうは、酪農継ぐ気はないのにな」

「最初の奥さんが自殺だったというのは、どういう事情なんです？」

「詳しい話は知らんよ。ノイローゼが高じて、入水《じゅすい》自殺だとか。牧場の裏手に川が流れてるけど、そこの淵《ふち》に身投げしたらしいんだ」

「変死なら、司法解剖もしていますね」

「したはずだよ」

「何年ころです？」

「総理大臣の大平さんが死んだのは、何年だった？」

「その年なんですか？」

「その月だった」

「昭和五十五年ぐらいでしたかね」

「そのころだ」片桐が逆に訊いた。「こういう情報って、篠崎さんの殺人事件について何か役立つのか？」

川久保は首を振った。

「いや。駐在としての好奇心で伺っただけですよ。捜査とはちがいます」

「ちがうのか？」

「制服警官ですからね。捜査はできません。わたしは駐在として、地域のささいな情報を、少しでも多く頭に入れておこうと思っているだけです」

「何かの役に立つのか？」

「捜査員とはちがうものが見えてくるでしょう」

川久保は、礼を言って福祉会館を出た。

駐在所に戻ると、直後にふたりの私服警察官が入ってきた。釧路方面本部刑事部捜査一課と、広尾署の刑事係強行犯担当の捜査員だ。近所で聞き込みに回っていた帰りだという。いかにもやりて風の四十年配の警部補と、そろそろ定年が近いかという巡査部長だった。川久保はふたりに椅子《いす》を勧めてから、お茶を淹《い》れて出した。

「事件は、どういうものなんです？」

方面本部の警部補が答えた。

「殺人は計画的だったようだ。研修生たちの私物はきれいに消えてる。パスポートも見つからない。前々から逃げる準備をしていたようだ」

「殺人も計画的ですか？」

「いや、こっちは行き当たりばったりかもしれんな。寝室で被害者の顔をめった打ち。これで中国人の線がなければ、怨恨《えんこん》の現場だと見たろうな」

「凶器は何なんです？」

「鉈《なた》だ。現場に転がっていた」

広尾署の捜査員が言った。

「実行犯はひとりのようだ。現場には、靴跡がひとり分だけ。あとのふたりは、そのあいだ事務所を物色していたんだろう」

警部補が言った。

「犯人はかなり返り血を浴びてる。靴も血まみれのはずだ。だけど、牧場には見当たらなかった。その格好のままで逃げてくれたんなら、身柄確保も楽だけど」

警部補が川久保に訊いた。

「土地鑑のあった連中なのかな。あの連中、町には出てきてたんだろうか」

川久保は首を振った。

「いや、町にはまったく出てきていないはずですよ。被害者は、研修生たちを牧場から出さなかったと聞いています」

「じゃあ、まだそんなに遠くには逃げていないか。運転だって、そんなに慣れていないはずだ」

「牧場の中では、重機もトラクターも使っていたはずです」

「いずれにせよ、まだ道内だな」

川久保の淹れたお茶を飲み終えると、捜査員たちは立ち上がった。

「さあて、そろそろ戻るか」

ふたりは駐在所を出て、駐車場で捜査車両に乗り込んでいった。

川久保は、広尾署に電話をかけた。昭和五十五年前後、この志茂別町の駐在警察官だった人物の名と、いまの連絡先を訊くためだった。すでに日勤者の退庁時刻を過ぎていたが、当番の警官が調べてくれるという。

五分後に、その担当者から電話があった。

昭和五十一年から五十七年まで駐在所勤務であった巡査部長がそうであろうという。フルネームを教えてもらったが、昭和六十二年に定年退職していた。現在の連絡先は把握していないとのことである。

昭和六十二年に定年退職という年齢を考えると、もう鬼籍《きせき》に入《い》っている可能性もある。川久保は、教えられた駐在警察官の名前を手近のメモ用紙に書きつけた。

時計を見ると、七時を回っていた。川久保はあらためて警察車に乗った。きょうのうちに、一軒行っておきたいところがある。

大西の牧場に着いたのは、午後の七時過ぎだ。敷地に入ってゆくと、ちょうど牛舎から搾乳《さくにゅう》を終えた大西が出てきたところだった。

「ちょっといいかな」と川久保は言った。「五分だけ」

牛舎の脇《わき》にある小さな小屋に案内された。テーブルと椅子が二脚ある。牧場仕事の事務室であり、休憩所なのだという。

川久保は、帽子を脱いで、テーブルの向かい側の大西に言った。

「事件のことで、いろいろ聞かれたでしょう」

大西は首を振った。

「いや、たいして。昨夜、何か異状に気づかなかったかとか、不審な車を見なかったかとか、その程度のことだよ」

「大西さんは、その中国人たちには会ったことがあるんですか？」

「いいや。遠くから見たことがあるだけだ」

「話したこともない？」

「ないね。篠崎さんは、町のお祭りにも、参加させなかった。休みの日も、研修生たちは牧場の中でぼんやり身体《からだ》を休めてるだけだったんだ」

「いなくなった三人は、いつから働いていたんです？」

「あのひとたちは、まだ半年ぐらいだろう。その前の研修生は、二年ぐらい働いていったと思う」

「研修生のその待遇のことでは、篠崎さんと激しくやり合ったことがあるそうですね」

大西は、警戒気味の顔となった。

「なんだい。おれが疑われてるのかい？」

「ちがいます。そうじゃない。そのとき、篠崎さんは、研修生のことを何て言っていたか気になるんです」

大西は首を傾《かし》げた。

「どういうことだ？」

「研修生は、よく働いてくれて助かっていると言っていたのか、それとも役立たずだと言っていたのか」

大西は少し考える様子を見せてから言った。

「とにかく金には細かい連中なんだ、という言い方をしていたね。いまの研修生のことじゃなく、中国人研修生一般の話として。外に出して研修生同士で情報交換なんてされたものなら、わずかな待遇の違いでも、よそ並にしろとか、その分、別計算で賃金を支払えと言ってくるとか」

「じゃあ、逃げた研修生とも、金でもめたことはあったんだろうね」

「そこまでは言ってなかったけど」

突然、大西はあっという表情になった。

何か、と訊くと、大西は言った。

「以前、そういうやりとりの中で、うちの犬のことも言われた」

「なんと？」

「飼い犬だって自分の敷地から出さないのが常識なんだ、という言い方をしていた」大西は、ひとり何度もうなずいた。「確信はなかったけど、うちの犬を撃ったのは、篠崎だよ。あいつ、ずっとうちの犬が我慢ならなかったんだ。いまなら、絶対間違いないって言える」

篠崎征男は、川久保には大西が犬を飼っていたことは知らないと言っていた。知っていたのに嘘《うそ》を答えたということは、たしかに疑いうる要素だ。

川久保は頭をかいた。

「それを最初に思い出してくれてたら、聞き込みのときにもちがった質問ができたかもしれない」

「いいよ。あのひとも死んでしまったんだ。もうこれ以上はいい」

川久保は話題を変えた。

「ところで、篠崎さんの前の奥さんが死んだときの事情、よく知っているのは誰だろう?」

「前の奥さん? それって、ずいぶん前のことなんだろう? おれがまだここにくる前の話のはずだ」

「あんたはどんなふうに聞いてる?」

「交通事故だったんだろう?」

もうそちらの話のほうが事実として定着しているようだ。川久保は、それ以上は大西から聞き出すのをあきらめた。

帰ろうとしたとき、大西がうしろから呼びとめて言った。

「ここを離農した白石さんなら詳しいんじゃないか。離農して、本町の町営住宅にいる。篠崎さんの爺《じい》さんとも親しかったようだし」

「白石さんね」

「白石善三《ぜんぞう》さん」

「達者だといいな。いくつぐらいだろう」

「いま七十五、六じゃないのかな。篠崎さんの前の奥さんが死んだのと、きょうの事件と、何か関係してるのかい？」

川久保は首を振って答えた。

「いや、駐在としての好奇心です」

白石善三の住む町営住宅は、市街地の中学校のそばにあった。棟割り長屋形式の平屋の建物だった。この町では、後継者のいない農家は、離農して市街地で年金暮らしに入るのがふつうだ。白石善三もそのひとりということだった。

訪ねると、白石善三とその夫人は、いぶかりながらも居間に川久保を招じ入れてくれた。

白石善三は、篠崎が殺された事件をすでに耳にしていた。

「その件かい?」と白石善三は訊《き》いた。

「ええ」と川久保は答えた。駐在警察官が捜査を担当するわけではないのだが、警察のシステムについて正確なところを伝えることもないだろう。「篠崎さんの前の奥さんのことが、気になりましてね。きょうのことを調べているうちに、前の奥さんが死んだ事情について、いくつか食い違う証言が出てきたものだから」

白石善三も片桐や大西と同じことを訊いた。

「何かきょうの事件に関係するのかい?」

「正確なところを知っておきたいというだけです。交通事故ってことですが、ほんとは違うとか」

「ああ。近所のひとは薄々知っていたけど、交通事故じゃなかった。身投げだよ。裏の沢に飛び込んだんだ」

「そんなに深い沢でしたか？」

「場所によるさ」

「遺書はあったんですか？」

「さあ。それは知らない」

白石善三の当時の記憶はしっかりしていた。思い出せないという様子も見せずに、その事情を教えてくれた。

篠崎の前の夫人は菊江といい、帯広近郊の農家の出身だ。篠崎とは見合いで結婚した。篠崎自身は菊江との結婚を喜んでいたようだが、菊江は姑《しゅうとめ》とは折り合いが悪く、何度も実家に逃げ帰っていた。やがて菊江のほうは離婚を望むようになった。しかし篠崎はうなずかなかった。何度目かの実家戻りの後、若夫婦は別棟を建てて住む、という条件で、菊江は戻ってくることになった。それからしばらくして生まれたのが、章一だった。

そのうち、章一について、噂《うわさ》が流れるようになった。篠崎の実の子ではないというのだ。それが事実なのかどうか、白石にはわからない。ただしこの噂の発信元は、篠崎の実母だったのではないか、という気がするという。身内でなければ知り得ない情報まで、一緒に耳に入ってきたからだ。

そのような噂があることを、やがて篠崎自身も知るようになった。そのころから、夫婦仲は急速に険悪なものになっていったらしい。姑の嫁いびりも、次第に程度のひどいものになっていったと噂された。菊江は、やはり別れたい、実家に帰りたいと、周囲にもらすようになったという。

篠崎征男のほうは、外で遊ぶようになった。牧場仕事が終わったあと、帯広まで行って飲み明かし、翌朝の搾乳時間に合わせて帰ってくるのだという。たぶん篠崎がいまの夫人と知り合ったのもそのころだ。

白石が言った。

「そのころ、奥さんも精神に変調をきたしていたんじゃないかね。子供のこともかまわないようになった。牧場の仕事でも、ポカばかりやっていたそうだ。何回か万引きで駐在が出て行ったことがあるはずだ。篠崎も、自分の子じゃないと噂されている章一を、ほとんど可愛《かわい》がらない。あの子は、ずいぶんいじけて育ったはずだよ」

近所の誰もが、篠崎夫婦の破局を予想していたその夏の朝、篠崎牧場でぼやが出た。篠崎の両親の住む住宅から火が出たのだ。煙が上がったのを見て、隣近所三軒の農家が駆けつけた。

菊江が火をつけたらしい。菊江本人は見当たらなかった。なんとか火事が消し止められた後、篠崎たちが手分けして探すと、裏手の沢の深みで、沈んでいる菊江が発見された。発見したのは篠崎だ。菊江はすでに死んでいた。

駐在ももちろん駆けつけた。しかし近所のひとの話を聞き、自殺とみなして不自然ではないと判断したようだ。事件性が疑われて捜査が行われるようなことはなかった。

姑は、嫁は交通事故にあった、と葬儀の席で言ったという。近所のひとたちはもちろん、ほんとのところを知っている。しかし、ふだん篠崎家と行き来のない参列者たちは、姑の言葉をそのまま信じたかもしれない。やがて近所のひとたちも、自殺のことは口に出さなくなった。だからいまでは、あれが自殺だったと知っているのは、近所の老人たちだけだろう。

夫人の死から半年後、篠崎は再婚した。帯広の自動車販売店に勤める女だった。新しい夫人は、すぐに子供を生んだ。上が男の子、下が女の子。ふたりともいま、家を出て札幌に住んでいる。娘のほうは結婚している。次男坊はそろそろ大学院を修了するころだ。篠崎の両親は、数年前に相次いで亡《な》くなっている。

章一も、高校を出た後、家を出ていた時期がある。どこで何をやっていたのかは、よくわからない。三年ほど後に帰ってきて、牧場の貴重な労働力となった。ただし、父親との仲はよくない。幼いころ愛されなかったことを、いまだに恨みに思っているのだろう。

そこまで聞いて、川久保は白石に質問した。

「白石さんのお話だと、菊江さんの自殺についても、含みがあるように感じられましたが」

白石は戸惑いを見せた。

「そう聞こえたかい？」

「ええ。白石さんは、自殺だとは信じていませんね？」

もう一度当惑を顔に見せてから、白石は言った。

「篠崎さんも死んでしまったことだしな」

「だったら、言えることもあるわけですね」

「ああ」白石は、声の調子を多少落として話し出した。「あとになってから、近所がこっそりささやき合ったことがある。噂以下の話だ。こういうことだったんじゃないかって」

「なんです？」

「あの朝、菊江さんは、探しに出た篠崎さんに殺されたんじゃないかってことさ。自分の親が住んでる家に放火されたんだ。篠崎さんの怒りようったら、凄《すさ》まじいものだった。火事を消し止めたあと、菊江さんを探そうということになって、手分けしてあのあたりの林や河原に入った。正直なところを言えば、菊江さんが首を吊《つ》るんじゃないかってことを心配したんだ。夕方になって、篠崎さんが見つけた。見つかったと呼ばれて沢まで駆けつけたときは、菊江さんは死んでいた。わたしもその死体を見た。だけど、素人目《しろうとめ》には、菊江さんがいつ死んだものか、区別なんてつかなかったからね。身体《からだ》に触ってみたわけでもないし」

白石は、言い過ぎたと思ったようだ。

「繰り返すけれども、いまの話は噂でさえなかった。そんなふうに考えることもできるなって、あとになってから言い出した者がいるってことさ。警察も検分したんだから、自殺で間違いはないと思うよ。だけど、奥さんが重いノイローゼだったってことは、駐在も知っていたはずだ。放火やらなんやら、地元のいろんな事件をほじくり返すよりは、当事者が自殺したんならそれで一件落着でいいと思ったんじゃないか」

「駐在には、それができるほどの権限はありませんよ。変死なら、必ず司法解剖だけど、その手続きは取られたんでしょうか」

「知らない。医者が水死だと判断し、駐在も事件だと報告しなければ、事件にはならないだろう？」

川久保は、念を押すように訊いた。

「その噂では、駐在が殺人事件を自分の裁量で処理したってことですか」

「そこまでは言ってない。あとになってから酒の場で出た与太話だ。だけど、そうだとしても、昔はよくあった話じゃないか」

「駐在の裁量？　伝説ですよ」

「あのころの駐在は、その土地に七、八年いるのが普通だった。土地に長ければ、杓子定規《しゃくしじょうぎ》なことはやれなくなる」

「信じられませんね」

「そうかな。三十年近く前の時代のことだよ。よそでも、特別のことじゃなかったろう」白石は、この地方出身のいまは亡き国会議員の名を出して言った。「あのひとの首吊り自殺を、道警は最初、心不全で急死と発表したんじゃなかったかね。隠しきれなくなってから、やっと自殺だと認めた。本部が平気でそういうことをやってるんだから、駐在だってやっていたろう。ちがうかね？」

自分に答えられることではない。川久保は話題を変えた。

「ところで、いま、章一さんの家の中での立場はどうなっているんです？　跡継ぎなんでしょう？」

「牧場は継ぐだろう」と白石は言った。「次男坊は、札幌か東京で会社勤めってことになるんじゃないのか」

「こんど篠崎さんが死んだことで、何かこれまでとは違ったことになりますかね」

「さあて。章一さんなら、牧場はすっかり整理して、金で分けようと言い出すかもしれないな。そんなに酪農が好きだってひとじゃないから」

白石は、お茶をすすってから言った。
「農協の役員だった大西さんは、中国人研修生を入れることに反対だったった。心配がずばりあたったな」

川久保は思った。大西が反対したのは別の理由であるし、そもそもこの事件はまだ、中国人研修生による殺人事件と決まったものではないのだ。自分には、捜査本部の判断は、いささか勇み足に見える。研修生たちがすぐにどこかで身柄確保されるなら、捜査本部も間違いに気づくだろうが。

そう思ってから、考え直した。

研修生たちがたとえ無実を訴えたとしても、捜査本部はあくまでも研修生による犯罪で通すかもしれない。わかりやすくて、しかも評価される事件だ。関係者には、これは理想的な「点数の高い」事件だと言えるのだ。

駐在所に戻り、日報を書いた。ただし、自分が篠崎の殺人事件について聞き込みをしたとは記さなかった。自分は捜査本部のメンバーではない。ただの地元の駐在警察官なのだ。これは、制服警官が本来やるべきではないことなのだ。

事務室を閉め、居間に入ってテレビをつけた。ちょうどローカル・ニュースが流れていた。この志茂別町で起きた殺人事件がレポートされていた。

牧場主殺人事件、と名づけられている。捜査本部がつけた事件名なのだろう。

篠崎牧場での日中の現場検証の様子が映されている。やがてカメラは引いて、篠崎牧場施設の全景から、この町の酪農地帯の風景。

若い女性レポーターの声が、映像にかぶさっている。

「平和な酪農郷を襲った惨劇。警察は、牧場から消えた中国人研修生が事件になんらかの関係があるものとみて、行方を追っています」

もう事実上、研修生による殺害と言い切っているようなものだった。

川久保はリモコン・スイッチを手に取って、ほかの局のニュースも観《み》てみた。中身は、いまの局のニュースとほとんど一緒だった。ただし中継車が出ており、男性レポーターが夜の広尾署前から放送していた。

もうひとつの局では、地元住民の声が取り上げられていた。

中年の女性が言っている。

「怖いね。こんなこと、なかった土地なのに」

次に画面に映ったのは、白髪の年配者だ。防犯協会会長の吉倉《よしくら》だった。彼は言っている。

「いつかこういう事件が起こるんじゃないかって心配してた。やりきれないね」

川久保は居間と続いた台所に立ち、冷蔵庫から缶ビールを一本取り出して、プルトップを引いた。

つぎの日には、町にやってきたマスメディアの数は、いっそう多くなった。全国的な事件という扱いらしい。町のあちこちで、テレビカメラを構えた男たちの姿をよく見た。巡回しているとき、農協の事務所の前にも、札幌の放送局の中継車が停まっていた。

駐在所で昼のNHKのニュースを見たあと、川久保は町なかの定食屋に向かった。通常はコンビニ弁当か出前の昼食をとるのだが、きょうは町の空気を知りたかったのだ。見慣れぬ車で、駐車場はほぼ満杯だった。

定食屋のドアを開けると、中は満員だ。六つあるテーブルも小上がりも、客で埋まっている。ひと目でテレビ局のクルーとわかる連中だった。

女将《おかみ》が、盆を持ったまま川久保に言った。

「申し訳ありません、お巡《まわ》りさん。一杯なの。時間、ちょっとずらしてきてくれるとうれしいんだけど」
困りきっている、という顔ではなかった。思わぬ来客の数に、頬が緩んでいる。
川久保はうなずいて店を出た。

その夜、篠崎征男の通夜《つや》が行われた。帯広市立病院での司法解剖が終わり、遺体が帰ってきたのだ。通夜と翌日の告別式は、町の中にある禅宗の寺で行われることとなった。
事件の反響から、会葬者が多くなることが予想できた。駐車場が足りず、周辺の道路では混乱が起きるかもしれない。指示されたわけではなかったが、川久保は六時に寺に出向いて、葬儀社の社員と交通整理の打ち合わせをした。周辺道路での駐車違反については黙認、が、言葉にはせずに合意された。

通夜は午後の七時からだった。その少し前には、寺の駐車場は満杯となった。町の有力者や近在の農家はもちろん、隣町や帯広方面からも、駆けつけた者がいるのだ。

通夜が始まって十五分ほどたってから、川久保は制服のまま会場に入った。本堂裏手の通夜の会場は、ひといきれで暑いほどだった。ざっと見たところ、二百人以上の会葬者がパイプ椅子《いす》に腰を下ろしている。

焼香のとき、川久保は遺族席にちらりと目をやった。喪服を着た男女が最前列に並んでいる。喪主は篠崎征男夫人とのことだった。篠崎征男がいまの夫人とのあいだにもうけたという次男と長女もいた。

章一が黙礼してきたので、川久保も黙礼を返した。

外に出ると、農協の組合長がテレビ局のカメラの前に立っていた。ライトが組合長の顔を明るく照らしている。

川久保は立ち止まって、横から組合長が語る言葉を聞いた。

「研修生の受け入れには、熱心だったんですよ」組合長は言っていた。「自分の子供に接するみたいに、親身になって世話を焼いていた。それがねえ。こんなふうになるとはなあ」

彼は、研修生による殺人だと疑っていないようだった。この言葉は、このまま放送されるのだろうか。

警察車のほうへ歩いてゆくと、片桐が立っていた。

「あんたもきたのか」と川久保は声をかけた。

片桐は言った。

「いいや。篠崎さんには特に義理もない。あんたに、先日、局の簡保の担当から聞いた話を教えてやろうと思って」片桐は続けた。「三カ月ぐらい前、篠崎さんから、生命保険を増額したいって、呼ばれたことがあったそうだ」

「三カ月前？」

警察車のそばで片桐から話を聞いた。

片桐のかつての同僚が、生命保険を増額したいからと篠崎征男に呼ばれて、商品を説明させられたという。なんでも篠崎は胃に変調があり、いっときはガンを心配したらしい。帯広の病院で検査してもらったところ、ただの胃炎とわかった。しかし篠崎は自分の健康に不安を感じたのか、新たに保障の大きな生命保険に入ると決めたのだという。

しかし簡易保険の保障金額はさほどのものではない。まして篠崎が六十一歳となれば、掛金自体も大きくなる。結局契約までは至らなかった。篠崎は簡保に新たに入り直す代わりに、民間の生命保険会社と交渉したようだという。

川久保は言った。

「それが三カ月前？」

片桐は答えた。

「わたしの同僚と話をしたのがね」

「篠崎征男ご本人が話したのかな」

「そうだ」

「篠崎征男が希望した保険金額は、どのくらいだったのだろう」

「何億って話だったらしいよ。正確には知らない」

「それにしても、億ってのは、すごい額だな」

「牧場の施設を建てるのに、農協からまた何億も借りてる。規制も厳しくなったんで、ちょうど糞尿《ふんにょう》処理の施設も作ってるところじゃなかったか。だからあのひとなら、そのくらいは必要だろう」

「受け取り人は?」

「そのときの話では、法定相続人でいいということだったらしい」

「結局、民間の会社と契約はしたのかな」

「そうみたいだ。篠崎さんは、いったん動き出したら最後までやる」

そこにスーツ姿の若い男が寄ってきた。

「すいません、駐在さん」

川久保が近づいてゆくと、彼は言った。

「先生の車が出るんです。ちょっと誘導、お願いできますか」

地元出身の道会議員の秘書ということだ。

いいだろう。川久保は片桐に手を振って、警察車から離れた。

翌朝、六時半にテレビをつけると、牧場から盗まれた軽自動車が函《はこ》館《だて》市内で見つかったとのニュースを流していた。ということは、彼らは見事に函館まで五百キロほどの距離を運転していったということだ。本州に向かったのだろう。もしかすると、殺人事件のニュースは見ていないかもしれない。

その日は篠崎征男の告別式だった。午後一時からだという。その時刻になったところで、川久保は篠崎の牧場へと向かった。いま、身内や関係者はひとりも牧場にはいないはずである。殺害現場となった篠崎の住宅部分に黄色いテープが張られていた。しかし、警察官はいない。もう必要な検証は終わったということだ。きょうはさすがに、敷地奥の工事は行われていない。ブルドーザーもショベルカーも動いていなかった。酪農ヘルパーの姿もなかった。朝に搾乳《さくにゅう》作業をすませると、いったん帰ったのだろう。

警察車を敷地の奥に進め、工事現場の手前で停めて車を下りた。

犬の死骸《しがい》を見たときから引っかかっていたことが、いまようやく形を取ろうとしているのが感じられた。しかし、それがどんな形なのか、まだ川久保にはわかっていない。ただ、いまはオートフォーカス機構が必死でレンズの焦点距離を合わせようとしているところだ。ぼやけてはいるが、次の瞬間にはそれが鮮明な像を結ぶのがわかる。その予測がつく。

糞尿処理場の基礎工事は、ちょうど布《ぬの》基礎ができたところと見えた。昨日あたり、捨てコンが流されたのだろう。テニスコート一面ほどの広さに、平坦《へいたん》なコンクリートの床ができていた。その四周に、直角に土台部分が立ち上がっている。

その工事現場を通り過ぎ、先日廃材が捨てられていた場所まできた。大きな穴が開いているかと思ったが、すでに穴は土で埋められている。周囲に廃材がまったくないところを見ると、事件があった日のうちには、その作業は終わっていたようだ。

その先が緩やかな斜面になっていた。斜面の向こうに、木立が見える。木立は左右にずっと延びていた。沢があるようだ。

川久保は牧草のあいだの道を歩いて、沢の岸まで出た。ごくごく小さな沢だった。幅は広いところで一間ぐらいか。底の小石が見えるほどの深さしかない。

岸に立って、沢の左右に目をやった。上流のほうに視線を移してゆくと、五百メートルほど先に、廃屋のようなものが見える。マンサード屋根であるところを見ると、離農した農家の牛舎のようだ。三十年ほど前には、たぶん使われていたのだろうと見える古さだった。

川久保はあたりを慎重に歩いて、篠崎牧場の様子を観察し、二十分後に母屋《おもや》の前に戻った。

翌日には、テレビ局も新聞社もほとんどが町から消えた。町に本来の退屈さと静けさがもどってきた。テレビのニュースも、牧場主殺害事件は報じなくなった。別の殺人事件がトップで報じられるようになったのだ。メディアの関心は、この小さな町の殺人事件からはすっかり離れてしまった。

捜査本部も、捜査の主眼を、本州方面へ逃げたと思われる研修生の追跡に移した。捜査員の何人かは、広尾署を離れて函館に向かったということ。研修生を被疑者と断定するにはまだ不可解な点もあるようだが、まずは身柄を確保して事情を聴取してみなければ何も始まらないということのようだった。

川久保は、さらにその翌日、昼間に篠崎牧場を訪ねた。篠崎征男の次男、長女は、もう牧場を発《た》ったらしい。夫人も、実家に帰ったとのことだった。いま牧場に残っているのは、篠崎章一だけだ。搾乳は相変わらず酪農ヘルパーが続けている。

篠崎の一族は牧場を畳むことを計画している、との話が、川久保の耳にも入ってきていた。

敷地の中に警察車を入れると、章一が自宅から外に出てきた。キャップにアノラック、白いゴム長靴姿だった。

「どうしました?」と、章一は、警戒気味の顔で聞いてきた。「まだ何か、あるんですか?」

川久保は首を振った。

「いいや。とくに何も。世間話をしにきただけなんだけど、いいかな」

「世間話ですか」

「忙しいなら帰る」

「かまいませんよ。どうせ搾乳はひと任せだ。牧場はやめることにしたんです」

「聞いた。親爺《おやじ》さんがせっかくこれだけ大きくしたのに」

「中国人がいたから、大きくできたようなものです。だけどまさかもう、中国人研修生を受け入れて続けるってわけにはゆかんでしょう」

「それはどうかな。やったって悪くないと思うが」

章一は、キャップを取って長く伸ばした髪をかいてから言った。

「研修生、捕まりそうですか」

「どうかね。わたしは捜査本部のメンバーじゃない。捜査の情報はわからないんだ。捕まって欲しいのか」

「そりゃそうでしょう」

「捕まらないほうが、都合がいいのじゃないかと思っていた」

章一の顔が、かすかにこわばった。

川久保は続けた。

「歩きながら世間話でもどうだ？」

答を待たずに、川久保は敷地奥の沢のほうへと歩き出した。

章一は、ひと呼吸遅れてついてきた。

「どんな世間話なんです？」

「まあ、ちょっと、一緒にきてくれ」

章一は、溜《た》め息《いき》をつきながら、無言で川久保に従ってきた。

工事現場の脇《わき》を通り、牧草地のあいだを抜けて、沢の岸へと下りた。岸に下り立つまで、章一はずっと無言だった。激しく緊張しているのがわかった。

川久保が岸辺に立つと、章一が横に並んで立った。川久保は章一の顔を見つめた。蒼白《そうはく》だ。川久保がこれから何を話そうとしているのか、十分に予想がついている顔だった。

川久保は、沢の上流に視線を移して、章一に訊《き》いた。

「お母さんが自殺したのは、この沢だね？」

章一は、明らかに狼狽《ろうばい》を見せて言った。

「おふくろは、交通事故で死んだんだよ」

「いいや。入水《じゅすい》自殺。あんたが、それを覚えていないってことはないと思うぞ」

「おふくろは、おれが小さいときに死んだんだ。そんなふうに聞かされた」

「六歳のころだったらしいね。わたしは、おふくろさんはこの沢に身を投げたんだと聞いている。この浅い沢で」

章一は応《こた》えない。川久保がその先何を言い出すのか、待っているという顔だ。

川久保は言った。

「上流には、離農農家の跡がある。昔は、この沢もこんなにきれいじゃなかったろうね。牛のし尿が垂れ流しだったんじゃないかな」

章一が訊いた。

「おふくろのこと、どこまで知っているんだ？」

「全然」と川久保は答えた。「世間の噂《うわさ》程度しか知らない。世間が知らないことでもあるのかい」

「おれに何を言わせたいんだ？」

「世間話さ。あんたと親爺さんとの仲のこととか、事件のこと」

「とくに話すようなことはないよ」

「じゃあ、ファッションの話はどうだ？　いつもは、どの長靴を履くんだ？　その白いやつか。L・L・ビーンのオリーブ色のが愛用じゃなかったのか？」

章一は、視線を足元に向けてから言った。

「何かほのめかしているのかい？」

「べつに。施設の工事の話題なんてどうだ。いつのまにか捨てコンが入ってるな。廃材を埋めていた穴も、すっかり土がかぶさってる。何が埋まっていようと、掘り返すのは容易じゃない」

「ほんとにあんたは何を言いたいんだ？」

「世間話だって。わたしは刑事じゃない。駐在として、聞いておいたほうがいいことなら、耳を貸そうと言ってるんだ」

章一はその場で向きを変え、いまきた道を戻り始めた。早足で、川久保から離れようとしている。肩がこわばっていた。

川久保は章一の背に呼びかけた。

「昔は、駐在でも融通がきいた。あんたのおふくろさんの死因に、目をつむることもあったかもしれない。実の息子としては許せないような対応があったかもしれない。だけど、いまはちがう。少なくとも、わたしはちがう。わたしは、この事件で不審な点があれば、報告しなければならない。違法な産廃処理についても、報告することになるだろう。それを覚えておいてくれ」

章一は振り返ることなく、牧場の中の道を母屋のほうへと立ち去っていった。

その翌日だ。

川久保が制服を身につけて事務室に出たとき、電話が鳴った。川久保は壁の時計を確認して受話器を取った。八時二十五分だ。

相手は広尾署の地域係の係長だった。

係長は、妙に動揺した声で言った。

「牧場主殺人事件で、いま息子が自首して出た。篠崎章一だ。中国人研修生が逃げた夜、研修生に罪をおっかぶせられると思いついて殺したというんだ。緊急逮捕した。お前さん、自首を勧めたんだって？」

川久保は、半分だけ驚きつつも答えた。

「いえ、勧めたわけではありませんが」

「何か情報を持っていたなら、どうして本部に上げなかったんだ？」

とくに問われることもなかった、と言いたかったが、それを口にはしなかった。代わりに川久保は言った。

「いくらなんでも、単純すぎる見方だと思ったものですからね」

係長は、川久保の言葉が理解できなかったようだ。それ以上続けずに言った。

「自首してきたとき、章一は、二十四年前の章一の母親の死因について捜査し直してくれと言っているそうだ。何のことかわからんが、あんた、何か知っているか？」

「いいえ。何も」

「二十四年前の話だなんて、それが何だろうともう時効だがな。とにかく、そういうことだ。現場、再検証だ。いまから至急、現場保存に向かってくれ」

「はい」

受話器を戻してから、川久保は居間から持ってきたマグカップに手を伸ばした。

デスクの脇のメモが目に入った。この町の、篠崎菊江が死んだ当時の駐在警察官の名。彼が菊江の死に事件性なしとしてその件を処理したとき、彼は地元にとって最善のことをなしたと信じていたことだろう。その地域に赴任して長い駐在警察官として、もっとも望ましい正義を実現したのだと信じていたことだろう。

川久保は、意地悪くその名に問いかけた。

でも、あんたはその結果を、知りたくはないか？

その正義が二十四年後に何をもたらしたか、それを知ろうとは思わないか？

もとより詮《せん》ない問いであることは承知していた。川久保は首を振って、いくらかぬるくなった残りのコーヒーを、喉《のど》に流しこんだ。

割れガラス

警察車を駐車場に停めると、川久保篤《かわくぼあつし》巡査部長はその待合室の中に飛び込んだ。

子供が恐喝されている、との連絡があったのだ。直接駐在所に電話があった。バス待合室の売店の売り子からだった。ふたりの若い男が、十五、六の男の子を待合室の隅で脅していると。

電話を切ると、川久保はすぐに警察車に乗り、駐在所から三百メートル離れたこのバス待合室に駆けつけたのだ。電話を切ってから到着まで、たぶん三分もかかっていないはずである。

バスターミナルは、かつてのＪＲ志茂別駅の駅舎をそのまま利用したものだ。鉄道が廃止となってからも、この地方の路線バスはここに停まる。もっぱら高校生と老人が利用する場所だ。旧駅舎の中で、小さな売店と喫茶店が営業している。

飛び込んだとき、待合室には恐喝されているという少年も、恐喝しているという若い男たちも見当たらなかった。ひとりだけ、髪を職人ふうに刈った四十歳ほどの男が、ベンチに腰を下ろしている。

川久保は売店に目を向けた。新聞と雑誌の棚のうしろで、エプロンをつけた中年女性が、ほっとしたような顔を見せた。電話をしてきたのは彼女だ。

川久保は売店に近寄って訊《き》いた。

「そいつらは？」

売り子の女は言った。

「いま、あわてて消えちゃった。ふたり、車で逃げちゃったけど。見ませんでした？」

「いや」気になるような走りっぷりの車は見なかった。駐在所とは反対側に逃げたのか。「被害者は？」

「その子も、いま出ていったよ。走っていった」

「恐喝は確か？」

「雰囲気でわかりますよ。知らない顔じゃないし」

「名前を知ってるのか」

「ええ」売り子は言った。「田辺と畑野。悪ガキさ。田辺なんて、この町からいなくなったものだと思ってたんだけどね」

　おおよそ見当がついた。七、八年前、少年院送りになったという男が、最近この町によく顔を見せているという話を聞いている。それが田辺という男のはずだ。もうひとり、畑野というのは、所轄《しょかつ》の生活安全係が注視している不良少年だ。高校を中退した十七歳のはずだ。

「被害者は、高校生？」

「ああ。だけど、学校には行ってない子かもしれない」

「名前知ってます？」

「いや、よくはわからない。山内、だったかね」

「その悪ガキたち、あんたが電話したから逃げたのかな」

　売り子の女性は、川久保の背後を目で示すと、小声で言った。

「そこのひとが、助けてやったみたい」

「助けた？」

川久保は振り返った。ベンチで、その職人ふうの男が川久保を見つめていた。やりとりを聞いていたのかもしれない。

男は、大きなバッグを二個、脇《わき》に置いている。旅行者のように見えた。厚手のジャケットにセーター姿だ。五月の連休も過ぎたという季節だが、その服装のせいで、彼はどこかもっと寒い土地からやってきた男のように見えた。

売り子が言った。

「電話したあと、そのひとが立ち上がって、不良たちに何か声をかけた。そうしたら、すぐに悪ガキたちは出ていったから」

川久保は男の前まで歩いて訊いた。

「ここでカツアゲやってる連中がいたようなんだけど、何か知ってるかい？」

男は、警戒ぎみの目で川久保を見上げて言った。

「声をかけたら、やめた。逃げていったよ」

嗄《しゃが》れた声だ。酒か煙草《たばこ》で喉《のど》をやられているのかもしれない。かすかに緊張しているようだ。ほとんど皮下脂肪のないそげた頬が、こわばって見える。

「止めようとしたってことかな」

「ああ。迷惑だったかい？」

「いや。カツアゲするような連中は粗暴だ。逆ギレされなくてよかったと思って」

「そこまで考えなかった」

相手になるだけの自信もあるということだ。たしかに、と川久保は思った。この男がそばによってきて、静かな声でよせと言ったなら、このあたりの非行少年なら怯《おび》えてしまうかもしれない。そう感じさせるだけの雰囲気がこの男にはある。武道の高段者にときおり見られるような印象だ。物静かに見えるが、決して軟弱ではないというたたずまい。身体《からだ》と精神の奥深くに、何か鋭く激しいものが秘められている、という印象。もっと言うならば、けっして堅気ではない、という匂《にお》いもある。

職務質問するか、と川久保は迷った。通報があったのは、チンピラによる恐喝だ。この男は恐喝犯ではない。この男に職務質問すべき理由はないのだが。

男が川久保から視線をそらし、待合室の外に目を向けた。川久保も同じ方向に目をやった。一台のワゴン車が駐車場に入ってきたところだった。ワゴン車は警察車のうしろに停まった。

運転席から、作業着姿の中年男が降りてきた。この町で工務店を営む男だ。玉木徹三《てつぞう》という名だったろう。町の公式行事で、二、三度顔を合わせたことがある。ひとあたりがよすぎるとさえ思える、如才のない印象の男だ。工務店の経営者には珍しいタイプだろう。

「すまん」玉木は待合室に入るなり、ベンチの男に言った。「遅れちまった。待ったか？」

「いや」角刈りの男は応《こた》えた。「着いたばかりですよ」

玉木は、川久保に顔を向けて首をかしげた。

「駐在さん、この男が何かしたかな？」

川久保は首を振った。

「いいや。防犯に協力してもらった。礼を言っていたところだ」

男の頬が初めてかすかにゆるんだ。

玉木が言った。

「そうか。うちで働くことになった男なんだ。大城《おおしろ》っていう大工だ。連れていってっていいだろうね」

「もちろんだ」

大城と紹介された男は立ち上がって、川久保に黙礼した。背は川久保と同じくらいか。体格はいい。

大城がバッグを持ち上げるとき、川久保は職業的習性で男の左手に目を走らせた。指の欠損はなかった。

玉木は大城という男をワゴン車に乗せると、すぐに駐車場から出ていった。

川久保は、あらためて売店の売り子に訊いた。

「被害者の男の子、住んでるところはわからないんだね？」

「ああ。本町の子じゃないと思うね」

「ありがとう」川久保は礼を言った。「また何かあったら、きょうみたいにすぐに電話してください」

バス停を出て警察車に乗ると、川久保は志茂別の町の市街地を一周してみた。田辺と畑野のふたり組らしき男たちは見当たらなかった。被害者だという少年の姿もだ。

被害者は山内という名の子供。どんな子だろう。町のことで、わからないことがあったら、あの元郵便局員に聞くに限る。川久保は警察車を福祉会館に向けた。

片桐義夫《かたぎりよしお》は、例のとおり碁盤に目を落としたまま答えてくれた。

「由香里ちゃんのところの子供だろう。去年中学を卒業したはずだ。高校には行ってないんじゃないかな。ずっと家にいる」

川久保は訊いた。

「引きこもりってことですか？」

「さあ。ただ、おふくろさんは再婚だ。新しい男が、可愛《かわい》がっていないのかもしれない」

「可愛がっていない？」

「学校になんか行かなくてもいいってことだろう」

ネグレクト、ということだろうか。去年の秋、釧路《くしろ》管内でも少年課の捜査員を対象に、児童虐待《ぎゃくたい》とネグレクトについて講習会があったという。川久保はその講習会には参加していないが、管内でもそれが問題になっていることはわかる。けっしてレアケースではないのだ。

「その再婚相手ってのは、どんな男です？」

「パチンコ狂いだ。あの奥さんも、男運の悪いひとだよな。前の亭主も、似たようなものだったから」

「いまの亭主、何をやってるんだろう」

片桐は、町の運送会社の名を出した。主に家畜の輸送を手がけている会社だ。亭主は、その会社のトラック運転手だという。

母親のほうは地元の農家の娘だとのことだった。高校卒業後すぐに高校の一年先輩と結婚、その男の子を産んだ。亭主は町の自動車用品店の店員だったというが、ろくな稼ぎもないのに高級乗用車を買い、遊び回る男だったらしい。借金で首が回らなくなって生活が乱れ、離婚した。男の子が三、四歳のときだ。男は町を離れた。母親のほうは、その後大衆食堂で働きながら、女手ひとつでその子を育ててきたという。

母親がいまの亭主と結婚したのは、つい二年ほど前のことらしい。男の子がまだ中学生のとき、ということになる。

片桐は言った。

「こういう田舎町だからな。母子家庭で子供を育てるのは、やっぱりきついさ。どうしてあんな男と、と思う再婚だったけど、やむをえないところもあったんだろうな」

「山内、というのは、男のほうの苗字《みょうじ》ですか？　それとも、女の再婚前の名前？」

「最初の結婚相手の苗字さ。いまの亭主の苗字は、栗本《くりもと》、じゃなかったかな。母親の下の名前は由香里って言うんだ。器量よしだ」

「その子のうち、男の子を高校にやれないってわけじゃないでしょう？　ここの高校、全入と聞いているけど」

「そこまでの事情は知らない」

川久保はもうひとつ訊いた。

「その子については、とくに何も引き継ぎを受けていないんだけど、問題児なのかな？」

「べつに」片桐はつまらなさそうに言った。「ワルじゃないよ。ただ、覇気がないよな。おれが配達してたころから、元気がなかった。まだ小学生だったけど」

「その子のうちは、どの辺です？」

片桐は、市街地の南の地区の名を出した。そこの町営住宅だと。駐在所に戻れば、どの棟のどの住戸かわかるだろう。

「おふくろさんの働いている食堂は？」

片桐は、国道沿いのホクレンのガソリン・スタンドの名を出した。

その隣りにある店だという。いつも駐車場には、大型のトラックが停まっている。ドライバーには人気の店なのだろう。川久保はまだ入ったことがなかった。

駐在所に戻って、所轄署である広尾警察署に電話した。刑事係の知り合いの捜査員を呼び出してもらった。彼は広尾署の暴力団担当部署に六年いる。いまの北海道警察本部のシステムでは、経験豊かな部類だ。地域の暴力団情報に詳しい捜査員だった。

田辺の名を出すと、彼は言った。

「勝政《かつまさ》だな。二年前から帯広にいる」その捜査員は、とある広域指定暴力団の名を出して続けた。「田辺勝政は、そこの事務所に出入りしている。構成員だ。覚醒剤《かくせいざい》の密売をやってる。あんたの町にも、出先を作ろうと躍起《やっき》だ」

川久保は言った。

「暴力団員にしては、せこいしのぎをやってるぞ。子供をカツアゲしてたんだ」

「やつも、町に舎弟を作ろうと、若いのを特訓中なのさ。仕事のノウハウを教えてるんだろ」

「ノウハウ？」

「あの連中にも、教育のシステムができてるんだよ。恐喝、窃盗、強盗、覚醒剤密売。一段ずつ難しいものにステップアップさせてゆく。町場では、そういうの何て言うのか知ってるかい？」

「いいや」

「オン・ザ・ジョブ・トレーニングって言うのさ。略してＯＪＴだ。うちらの役所の、現場主義教育法ってやつだ」

川久保は話題を戻した。

「何かあったら、田辺、挙げていいのか」

「それは、方面本部に訊《き》いてみてくれ。いや、おれから訊いてみようか」

「頼む」

十分後に、同じ捜査員から電話があった。彼は苦笑しているかのような声で言った。

「あんたの問い合わせは、いいところを突いてたよ。方面本部の生活安全部が内偵中だ。カツアゲぐらいの微罪では挙げるな、とさ」

生活安全部が内偵中ということは、覚醒剤取締法違反での逮捕もさほど遠くないということなのだろう。となると、恐喝で逮捕するよりもずっと重い罪で刑務所に送ることができる。彼らの捜査をだいなしにするようなことは、避けるべきだろう。川久保は礼を言って電話を切った。

その店には「定食・ラーメン　吉田屋」と看板がかかっていた。汚れた幟《のぼり》が、何本も駐車場の前に立てられている。

恐喝の通報のあった次の日である。午後の三時、という時刻を選んだので、中には客はひとりもいなかった。

女がひとり調理場で、洗い物をしている。年格好から見て、由香里という女は彼女だろう。経営者ではないとのことだが、実質的にこの店を切り盛りしているのは、由香里らしい。ほかにもうひとりいるはずの従業員の姿はなかった。

川久保はテーブルに着いて制帽を取り、炒飯《チャーハン》を注文した。

水を置きにきたときに、女を観察した。歳《とし》の頃は三十代なかば、短く切った髪は染めてはおらず、顔は細面《ほそおもて》だ。少し垂れぎみの目のせいか、どこか頼りなげだった。

片桐は器量よしと言っていたが、それ以前にまずやつれが目立つ容《よう》貌《ぼう》だった。ピンクのシャツにジーンズ姿だ。子供向けキャラクターのプリントされたエプロンをつけている。

炒飯が運ばれてきたところで、川久保は女に訊いた。

「栗本さんって言ったかい？」

女は驚いたようにその場で背を伸ばした。

「はい。栗本ですけど、何か？」

「いや」川久保は、相手が警戒を解くようにと、微笑を向けた。「べつに何でもないんです。お子さんのことで」

「浩也《ひろや》が何かしましたか？」

川久保は言った。

「いや、心配しないで。むしろ、浩也くんが被害者じゃないかってことがあって」

「被害者？」

「昨日、この町のワル連中に、脅されていたらしいんです。割って入ってくれたひとがいて、特に何もなかったようなんだけど、聞いていいます？」

由香里は、いっそう頼りなげな、いまにもその場から揮発してしまいそうな表情となった。

「何も聞いていませんけれど」

「お金を脅し取られた、なんて話もしていません？」

「何も。脅されたって、渡すだけのお小遣いなんてないはずですし。でも、ワルたちって」

「知っています？」

「見当はつきます」

「警察も見当はつけています。浩也くんにも言っておいて欲しいんですが、脅されたら、わたしに相談してください。自分ひとりで悩まないで」

「ええ。言っておきます。訊いてみます」

引き戸が開いて、客がふたり入ってきた。作業着を着た男がふたりだ。由香里は川久保のそばから離れていった。

その翌日の午後だ。

いつもの通り、閉店の直前に信用金庫の前を通りかかったとき、横手の駐車場に、玉木工務店のワゴン車を見た。玉木徹三が、ちょうど乗り込もうとしていた。

川久保は玉木に声をかけて、自分の警察車を駐車場に入れた。

玉木は、ごま塩の頭をかきながら挨拶《あいさつ》してきた。

「一昨日《おととい》はどうもどうも、駐在さん」

川久保は、世間話を装《よそお》うため、愛想よく近づいてから訊いた。

「一昨日の大城って男は、どこの現場のひとだって？」

玉木は、苦笑した。やっぱりその話題なのかという表情だ。

「ああ。町の運動公園の管理事務所なんだ」

玉木は説明した。事務所の建て替えでは、新しい建物は地場のカラマツ材を使ったログハウスとすることが決まった。地元業者として玉木工務店が受注したが、残念なことに玉木工務店にはログハウス建築のノウハウがない。それで玉木は、旭川《あさひかわ》の知人の工務店に連絡し、経験のある大工を派遣してもらうことにしたというのだ。それが一昨日の大城だった。バスで着いたところを、玉木が迎えに行ったのだ。工事はおよそ二カ月。大城の下に工務店の若い者をふたりつけて、完成させる。この工事が終わったところで、大城は旭川に戻るという。

川久保は訊いた。

「わざわざ派遣してもらうんだ。腕のいい大工なんだろうな」

玉木はうなずいた。

「旭川近辺で、もう十棟ぐらいログハウスを建ててきたそうだ。もとは在来工法の大工だ」玉木が逆に訊いた。「大城が気になるのかい？」

「いや。特には」

「そうだって、顔に書いてあるよ。大城克夫《かつお》。前科一犯だってことだ」

「ほう」いきなりそれを教えられるとは想定外だった。「罪状は何だったんだ？」

「傷害だって聞いてる。喧嘩《けんか》の仲裁に入って、逆に怪我《けが》させてしまったのだとか。単純な男らしい。旭川の知り合いの社長も、言ってた。ワルじゃない。根が一本気なんだ」

「仮釈放か？」

「さあて。実刑三年半だったと聞いたけど。重いのだろうか？」

微妙なところだ。傷害で執行猶予《ゆうよ》がつかなかったのなら、行為自体は悪質だと判断されたのかもしれない。しかし三年半の刑なら、かなり情状が酌量された判決だったとも言える。

川久保は答えた。

「たいして重いほうじゃないと思う。刑務所に入っていたのは、いつごろの話だい？」

「出てきたのは、もう四、五年前だと聞いたよ」

「その筋の男ってことはないよな」

「ちがうだろうね。ログハウス作るヤクザって、いるかい？」

川久保は笑った。たしかに、ログハウスを作るヤクザを想像するのは困難だ。天体観測が好きな詐欺師《さぎし》を想像できないのと一緒だ。

ふと気になって、川久保は訊いた。

「バスでやってきたけど、大工って、自分の道具をいろいろ運ばなきゃならないだろう。車、持っていないのか」

「ああ。持ってない。ふだんは勤め先の軽トラを借りていたそうだよ」

「大工には、車なしじゃ不便だろうにな」

「うちの仕事をすれば、金が少したまる。その金で、安い中古を買いたいと言ってたよ。道具は宅配便で送ってきてた」

「堅実な男じゃないか」

「だから、きてもらう気になったんだ。大城のこと、そんなに気になる？」

「職務上、知っておきたいだけだ。こっちで仕事をするあいだ、どこに住むんだ？」

「うちの土場のスーパーハウス。日中訪ねたいんなら、現場は運動公園だ」

「家族はいるのかい？」

「ひとり身だそうだよ」

「あんたのところの宿舎で、ひとり暮らしね」

「住所不定じゃないからね。そういう理由で、引っ張らないで欲しいな」

「そんなことは思っていない」

川久保は制帽に手をかけて、玉木のそばから離れた。

傷害で前科一犯か。

とくに彼が何かしたというわけではないが、駐在警官としては、彼の名と顔は心に留めておかねばならないだろう。

その工事現場は、町立運動公園の東側にあった。旧駅前通りの南、河畔寄りの空き地が、野球グラウンド、サッカー場、テニスコートとして整備されている。更衣室やトイレが、独立した建物で並んでいる。管理事務所もあるが、これが老朽化したので、町は新築を計画しているのだった。事務所の脇《わき》で、基礎工事のためのショベルカーが動いている。その背後には丸太が積み上げられており、そこで三人の男たちが作業していた。

工事現場のさらに南側、道路をはさんだ区画には、イチイの巨木に囲まれた和風の屋敷がある。この町の運送会社の社長宅だ。栗本という長距離トラックドライバーが勤めているのは、その運送会社のはずだった。東山運送。社長は町会議員も務めている。いま、その社長の邸宅前にはドイツ製の白いセダンが路上駐車していた。駐車場に警察車を停めると、川久保はゆっくりとその現場に近づいていった。

積み上げられている丸太は、太めのカラマツ材だった。一本の直径は二十センチ前後だろう。三面がカットされた丸太だった。切り口を見ると、正方形の一辺だけが円弧を描いているような形をしていた。

大城という男が、立体的な定規のような道具を使って寸法をはかり、一本一本に鉛筆で線を書き込んでいた。ふたりの若い男が、線書きの終わった丸太を、大城の指示で運び、地面に敷いた垂木《たるき》の上に並べている。

大城が川久保に気づいて手を止めた。ちらりとふたりの助手たちに目をやったのがわかった。制服警官が近づいてゆくのだ。ひと目を気にしたのだろう。警官がよくない用件でやってきた、とでも思ったのかもしれない。

川久保は、ここでも愛想笑いを見せて言った。

「一昨日のことで、ちょっと聞かせて欲しくてきた。かまわんかな?」

助手たちも手を止めて、興味深げな視線を川久保たちに向けてきた。

大城は言った。

「時間、かかりますかね?」

「全然」

「ここでいいんですか?」

小声で話せば、助手たちには中身は聞き取れないだろう。

「かまわんよ」

「なんです？」

川久保は手近の丸太に腰をおろした。ふたりの助手たちは、気をきかしたのか、手を休め大城のそばから離れた。

川久保は訊《き》いた。

「カツアゲを見たとき、どんなふうに注意したんだ？」

大城は、川久保を見つめて答えた。

「べつに。ただ、やめろって言っただけですよ」

「ふたりの反応は？」

「年上のほうは、いきなり目が吊《つ》り上がった。何って振り向いて、いきなり手を出してくる雰囲気だったな」

「出してはこなかったんだろう？」

「ええ」

「もうひとりのほうは？」

「あいつは、唇をとんがらかしたけど、何も言わなかった。年上のほうをすがるように見てた」

「それで終わりか？」

「年上のほうは、てめえは何者や、と聞いてきた。でたらめな関西なまりだった」

「あんたの答は？」

「ただのお節介だ、って言った」

「そうしたら？」

「年上は、少しおれを睨《にら》んでいたけど、急に何か思い出したような顔になって、男の子から離れた。手下のほうを向いて顎《あご》をしゃくると、そのままふたり、待合室を出て車に乗って行ってしまった」

「気をつけてくれ」と川久保は言った。「帯広に看板上げて、この町まで出張ってきている筋者なんだ」

「やっぱりそういう男だったんですか」

「逆ギレされなくて、よかったな」

「そんなことは、思い浮かばなかった。小さな町なのに」

「それなりに荒《すさ》んでる。シマにしようと狙《ねら》っている連中がいる」

大城は、助手たちを気にしながら言った。

「おれは、このとおり、堅気には見えないたちらしいです。だけど、暴力団とは無縁ですよ。真面目《まじめ》にやってるつもりだ」

「わかってるって。あんたがどうだという話で来たんじゃない」

「おれは、ここできちんと仕事を終わらせたい。余計なことは考えていない」

「わかってるって」

大城は同じ調子で言った。

「おれには前科がある。傷害で三年半くらった。駐在さんがもしそういうことを気にしてるんなら」

川久保は、大城を見つめて言った。

「知ってる」

大城は、弱々しく微笑した。すでに知られていることを悲しんでいるという表情に見えた。

川久保は立ち上がった。

助手たちは、まだ川久保たちに視線を向けたままだ。どういう話題なのか気にしている。

川久保は、いま一度微笑を作り、念のために話題を変えた。

「あの若いふたり、玉木工務店の従業員かい？」

「ああ。だけどログは初めてだって連中なんですよ」

「ログって、難しいものなんだろう？」

「アバウトにできる部分もある。在来よりは、神経を使わないかもしれない」

「ほんとに？」

「ええ」

「三人で出来るものなのか」

「この大きさなら、できないことはないんですよ。要領のいい若いのがもうひとりいると、楽なんだけど」

川久保は話題を戻した。

「この次、その連中が悪さをしてるところに出くわしたら、迷わず一一〇番してくれ。自分で収めようとは思うな」

「ああ。そうしますよ」

「駐在所の電話でもいい。そのほうがいいか」

「メモしてくれませんか」

「この番号だ」

川久保は駐在所の電話番号の記されたカードを大城に渡した。

立ち上がろうとすると、大城が正面を目で示して言った。

「いまの話とは関係ないけど、そこの路上駐車、注意してもらえませんかね。ずっと停めっ放しだ。丸太運んでくるトラックが入れないんです」

視線の方向には、白のセダンがある。

「あんたは何か言ったのかい？」

「いや」大城は首を振った。「おれが注意したら、角が立つから」

川久保は微笑して大城の前から離れた。

その屋敷の通用口から顔を見せたのは、三十代なかばぐらいの歳《とし》の女だった。茶髪というよりは、はっきりと金色に染めた髪だ。これから何かお稽古《けいこ》ごとの発表会にでも行こうかという服装に見えた。制服姿の川久保を見て、一瞬戸惑ったようだ。東山運送の社長夫人なのだろう。

夫人は、「何か？」と、不審そうに訊いてきた。

川久保は、制帽を脱いで、軽い調子で言った。

「表のベンツ、こちらのですね。路上駐車が長いことになっているんですよ」

女は、一瞬、かすかに不快そうな表情になった。

「ああ、たしかにあたしのベンツです。ごめんなさい、うちの前なので、ほんのちょっとのつもりだったのだけど」

「車庫に入れてもらえますか。駐禁の公道なので」

「迷惑がかかるような場所じゃないけど」

「そばの工事で、トラックもよく通るものですから」

「ああ」女は納得したような顔になった。「玉木工務店さんからの苦情なのね」

「駐禁が目に入っただけです」

「わかりました」女は妙にきっぱりした口調で言った。「すぐ動かします」

だからあんたはさっさと立ち去ってくれ、と言っている。

「じゃあ、すぐによろしく」

川久保は制帽をかぶりなおして、通用口のドアを閉じた。

その二日後だ。Aコープ・ストアの店長から駐在所に電話があった。夕刻である。

店長は、妙に言いにくそうな調子で言った。

「万引きなんですが、お巡《まわ》りさん、きてもらえますか」

川久保は確かめた。

「警察で処理していいんですね？」

小さな町なのだ。万引きがあったとしても、万引き犯はたいがい町の住人だ。滅多に警察が出て行くことにはならない。多くの場合、その場の責任者の判断で始末される。警察に電話がくるのは、被害金額が大きいときか、当事者が悪質と判断したときだけだ。赴任以来、万引きで川久保が出ていったことは、これまで二回しかない。Ａコープ・ストアには初めてだ。

店長は言った。

「ええ。その、お巡りさんにきてもらったほうがいいみたいな気がするんです」

「どうしたんです？」

「何か事情があるみたいで」

「万引き犯は、名前を名乗ってますか？」

「いいえ。だけどわかります。由香里さんとこの子供だ。浩也」

浩也って子が万引きした？　すぐ行きます、と川久保は答えた。

少年は、狭い事務所の事務椅子《いす》に腰掛けていた。農協を定年間近という店長が、その脇《わき》に立って少年を見下ろしている。川久保が入ってゆくと、少年は光の乏しい目で川久保を見つめてきた。

痩《や》せた子だった。顔立ちは由香里によく似ている。とくに垂れた目がそっくりだ。

少年の右の目の下に、内出血の痕《あと》があった。ひと目見てわかる。殴られてできたものだ。数日前のものだろうが、バス停で脅されていたというとき、暴行も加えられていたのだろうか。服装は、全体に汗じみている。

店長が言った。

「そのジャンパーのポケットに、無造作に商品を突っ込んだんです。そのまま出てゆこうとしたんで、捕まえた。抵抗はしてません」

少年の前のデスクの上に、商品が並んでいた。少年のポケットから出てきたものだという。お握りがふたつ。ゆで卵。チョコレート。鶏《とり》のから揚げ。それに缶コーヒー。

店長は言った。

「あんまり堂々とポケットに入れるんで、呆気《あっけ》に取られて見てましたよ」

川久保は店長に訊いた。

「この子は、前にも？」

「いや。初めて」

「よく買い物にくるのかい？」

「いや。ほとんどきてなかったでしょう」

「被害届け、出す？」

店長は困惑を見せた。

「事情を聞いてくださいよ。これで届けを出すと、寝覚めがよくないような気もするんです」

「ちょっと出ていってもらえるかな」

「かまいませんよ」

店長が事務室を出ていったところで、川久保は空いていたもうひとつの事務椅子に腰をおろした。少年が、上目づかいに川久保を見つめてくる。自分がなぜここにいるのか、よくわかっていないという表情にも見えた。少なくとも、少年は自分の犯罪が見つかって捕まったことを、恨んだりはしていない。

川久保は少年に訊いた。

「お前さんの名前、山内浩也、でいいのか？」

少年は川久保を黙って見つめていたが、やがてこくりと一回うなずいた。

「お母さんは、由香里さんだな？」

少年はまたうなずいた。かすかに驚いたようでもあった。母親の名が出るとは予想していなかったか。

「正直に答えてくれ。腹が減っているのか？」

少年はちらりと横目で、盗品に目をやった。ごくりと唾《つば》を呑《の》み込んだのもわかった。答えを聞くまでもない。わかった。

川久保は、少年に言った。

「それ、食べてしまえ。おれが、ごちそうしてやる」

少年はまた川久保に目を向けてきた。

「いいんですか？」

かすれた、力のない声だ。

「食え。食ったら、話を聞かせてもらうぞ」

少年はうなずくと、お握りのひとつに手を伸ばし、乱暴にラップをはずしてかぶりついた。

川久保は、少年のその様子を見て、ふいに古い言葉を思い出した。

欠食児童。川久保の子供時代、周囲には満足に食事のできない子供たちが、少数ながら存在した。いつも腹をすかしているそのような子供たちを、たしか行政用語では欠食児童といったのだ。言葉があるくらいだから、たぶん統計にも出てくるだけの数で日本全国にいたのだろう。

しかし、いまどき欠食児童がいるとは。

川久保はあらためて思った。児童虐待《ぎゃくたい》だ。広い意味での虐待。育児放棄ではないのか？

盗品のお握りとから揚げを食べ終えると、ようやく浩也は人心地がついたような顔となった。

川久保は訊《き》いた。

「飯、食ってないのか？」

浩也は、ためらいがちに言った。

「叱《しか》られたから、罰なんだ」

「いつから食べていない」

「食べているよ。ちょっと減らされただけ」

「叱ったのは、おふくろさんか？　それとも、親爺《おやじ》さんか？」

「栗本さんだよ」

その男は自分の父親ではない、と言外に言っているのだろう。

「殴ったのか？」

「これ？」浩也は、頬の痣《あざ》に触れてから言った。「いや、これは自分でぶつけた」

「何にだ？」

「壁に」

「いつだ」

「三日か、四日前かな」

「栗本さんとは、うまくいってないのか？」

「そんなことはないよ」浩也は大きくかぶりを振った。「おれはそんなこと、言ってないよ」

「万引きは、認めるか？」

ひと呼吸おいてから、浩也は言った。

「お金は払わなかった」

「そういうのを、万引きって言うんだ」

「母さんに、あとで払ってもらおうと思った」

「前にもそんなことが？」

「うん」浩也は目を伏せ、小声でつけ加えた。「ほんとのこと言えば、考えてなかった。ただ、腹が空《す》いてたから」

「小遣いもなかったのか？」

「小遣いなんて、もらってない」

「高校、行ってないんだろ？」

「ああ。早く働けって言われてる」

「誰に？」

「栗本さんに」

「働いているのか？」

「この町に、働き口なんてないよ」

「町を出たっていいだろう」

「出るのだって、お金がかかるよ。面接を受けに行きたくっても、お金がない」

「交通費も出してくれないのか」

「栗本さんは、この町で仕事を探して、おれが家にお金を入れたらいいと思ってるんだ。外では就職できない」

次第に言葉が多くなった。川久保はなおもたたみかけるように訊いた。

「町で働きたいのか？　家にずっといたいのか」

浩也は首を振った。

「栗本さんのそばにはいたくない。だけど、母さんから離れたくないんだ。お巡りさん」

「なんだ？」

「水、飲んできていいかな」

川久保は店長を呼んで、ペットボトル入りのお茶を持ってきてもらった。自分の分と、浩也の分、一本ずつだ。

お茶を一気に半分ほど飲み干すと、浩也は逆に川久保に訊いた。

「おれって、留置場に入れられるんだろう？」

「入りたいのか？」

浩也は、慎重に言葉を選びながら言った。

「栗本さんが怒る。きっと出てゆけって言う。おれ、あのうちに戻らなくても済む」

「おふくろさんからも離れることになるぞ」

「我慢する。少しのあいだなら」

「ほんとに家を出たいのか？」

「いま、うちに帰されたら、栗本さん、おれをぶん殴るよ」

「また、ぶん殴るんだな？」

浩也は、川久保の質問の意味を理解したようだ。うなずいた。

「ああ」

やはりこの少年の顔の痣は、義父からの殴打《おうだ》によるものだった。

川久保は自分もお茶のペットボトルに口をつけて考えた。方面本部が出したガイドラインでは、この場合は児童相談所に連絡だろうか。

しかし、相談所は帯広にあり、少年の怪我《けが》は見たところさほどひどいものでもない。痩せて見えるが、衰弱している、と判断するのも無理がある。児童相談所が即時に引き取るということにはなるまい。

たぶんこのレベルでは、児童相談所は浩也の家庭を訪問し、監視対象であることを伝えるだけだ。しかしその程度のことでは暴行の抑止にはならないし、食事を与えないという罰も繰り返されかねない。栗本という男の性格は知らないが、少年が面当《つらあ》てのように万引きした、と知ると、いっそう激しく切れてしまうタイプではないだろうか。だとすると、浩也をきょうこのあと、家庭に帰すことは適切ではないかもしれない。

しかし、一応は連れてゆくしかないか。

「さ、行こうか」

浩也は、どうしてと問うこともなく素直に立ち上がった。

川久保は、事務室から店舗に出ると、カウンターの中の店長に盗品の代金を支払って、小声で言った。

「財布を忘れてきた、というだけだ。それでいいか？」

店長は、いくらか安堵《あんど》したように言った。

「駐在さんがそう処理してくれるんなら、こっちはかまいませんよ。今度だけなら」

「恩に着る」

川久保は振り返って、浩也についてこいと合図した。

川久保が警察車の運転席に身を入れたとき、警察無線に通信が入った。

スイッチをオンにすると、相手は言った。

「車上狙《ねら》い。刑事係が向かってます。志茂別町パチンコ店サン・パラダイスに臨場」

「了解」

川久保は、助手席に乗った浩也に言った。

「少しつきあってくれ。退屈かもしれないけど」

浩也は、黙ったままうなずいた。

車上狙いの現場を確認し、所轄《しょかつ》の刑事係に引き継いだところで、川久保は警察車に戻った。

浩也はずっと助手席にいたままだ。退屈したのではないかと思ったけれども、表情からはそれはうかがえなかった。感情を殺すことに慣れているのかもしれない。少々の退屈など、顔に出すほどのこともない、ということなのかもしれなかった。

川久保は警察車を発進させてから、浩也に訊いた。

「本気で仕事を探す気はないのか。家を出たいと思っているなら」

浩也は、ちらりと川久保を見てから、なげやりな調子で答えた。

「働かせてくれるところがあるなら、働きたいよ。だけど」

「何だ？」

「しゃべるの下手だし。ひとと話しするのは苦手だし」

「中学校では何かやっていたのか？」

「部活のこと？」

「何か得意だったこと」

浩也は少し考えた様子を見せてから言った。

「技術科、好きだったな」

「物を作るのが好きなのか？」

「うん。物を売るよりいい」

「これから、お前をうちに送ってゆくぞ」

「栗本さんに、万引きのこと言うの？」

「言わなきゃならんだろう」

浩也は、鼻をすすった。

「栗本さん、おれを叱るよ」

「今回叱られた理由はなんだ？」

浩也は、口ごもりながら言った。そもそもはあの田辺と畑野のふたりが、町でひとつだけのゲームセンターで他人のゲームの様子を眺めている浩也に近づいてきて、ゲームのソフトを売りつけてきたことから始まったのだという。畑野が主役であり、田辺が畑野をうしろからときどき手助けするという様子だったらしい。

売る、というかたちを取ってはいたが、実質的には恐喝だった。安物のソフトに法外な値をつけ、金はあとでもいいとおしつける。浩也は怖さのあまりそのソフトを受け取って、金はあとで払うと約束した。代金は一万五千円だという。

しかし浩也は、ゲーム機を持っていない。買ってもしかたのないものだった。三日後、バス停で田辺たちに見つかり、金を要求された。泣きだしそうになっているところで、大城に救われたのだ。

その日、家で栗本がそのゲームソフトを見つけた。ゲーム機もないのにどうしたのかと問い詰められた。大きなトラブルになっては困るので、浩也は自分で買ったと答えた。栗本は怒った。こっそりゲーム機やらソフトやらを買う金を持っているのはどうしてだ、というわけだ。自分の財布からくすねていたのではないかと栗本は疑ったという。飯は抜きだ、と栗本は浩也に言い渡した。母親も同意した。そして翌日から、ろくに食事をさせてもらえなかったのだ。だからとうとうきょう、Aコープ・ストアで、食品に手を伸ばしてしまった。万引きだ、と捕まるならそれでもいいという気持ちだったという。

聞きながら、川久保はバイク事故で死んだと処理された少年のことを思い出した。山岸三津夫《みつお》。彼は母子家庭のひとりっ子だった。高校のワルにATM代わりにされ、最後にはリンチを受けて死んだのだった。

あの三津夫という少年もおそらく、生きていたときはこの浩也という少年と似た雰囲気の男の子だったのだろう。どこか生気に欠ける印象があって、ひとつながる意欲と能力が薄いと見えていたのではないか。仲間うちの弱者側筆頭クラス。それゆえに、仲間の理不尽な鬱《うっ》憤《ぷん》晴らしを、ひとりで引き受けねばならなかった。

死んだ少年の母親の面影もふっと思い出された。もの静かで、しかし芯《しん》の強そうな女性だった。美貌《びぼう》でもあった。川久保が、親身になることを躊躇《ちゅうちょ》したほどの美しい女性だった。その彼女は、息子が事故死として処理された後、黙ってひとりこの町を去った。おそらくは、息子を殺したこの町と、この町の駐在のおれを蔑《さげす》みきってだ。

あの事件、あの事故の決着をめぐって、なぜ自分はあれほど凶暴な気持ちになったのだろうと、いまでも思う。たぶんひとつには、自分があの夜、町の有力者たちとの懇親を優先して、事件の発生を防ぐことができなかったという悔恨のせいだ。もうひとつは、あれを事故として始末させてしまった自分の、職業人としての無力さへの嫌悪感《けんおかん》ゆえだ。それにもうひとつは、あの母親に自分は蔑まれたのだという確信ゆえだろうか。

浩也という少年の話を聞いていて、いやおうなくあの一件を思い出してしまった。

「着いた」と浩也が言った。

南町の町営住宅だ。二階建ての建物が六棟並んでいる。川久保は警察車を徐行させて、そのエリアに入った。浩也が、建物のひとつを指さした。

「そこ。一階の端」

そのドアの前には、まだ新しい国産のセダンが停まっている。

「栗本さんが帰ってきてる」と浩也は言った。「疲れて気が立ってるかもしれない」

母親は、いつも店が終わる九時過ぎにならないと、帰ってこないという。川久保は腕時計を見た。まだ午後の七時をまわったばかりだ。

「怖いのか?」と川久保は訊《き》いた。

浩也は、ためらいがちに答えた。

「万引きのこと、きっと怒るよ」

「心配するな。車で待ってろ」

警察車を降りてドアをノックしたが、返事はなかった。浩也が鍵《かぎ》を持っているというので、その鍵でドアを開けた。

かすかに異臭がした。ゴミの始末ができていない家のようだ。畳一枚の広さの玄関には、靴やサンダルが乱雑に脱ぎ捨てられている。

「栗本さん」川久保は大声で呼んだ。「栗本さん、いますか」

内側のドアを開けて、男が顔を見せた。顔色の悪いやせた男だった。近づいてくるだけで、煙草《たばこ》が臭《にお》った。歳《とし》は由香里と同じくらいだろう。

栗本は、怪訝《けげん》そうに川久保を見つめてきた。

「何だい？　違反した覚えはないぞ」

栗本のうしろに、散らかり放題の部屋が見えた。安物の家具に、脱ぎ捨てられた衣類。漫画にパチンコ雑誌、バッグやらぬいぐるみやら。

「浩也くんのことだ」川久保は、あまりふだんは使わぬ威嚇《いかく》的な声音で言った。「いろいろ事情を聞いた。きょうは警告しにきた」

「警告？」

「そうだ。一回しか言わないから、よく聞け。警察は、あんたが浩也くんにやっていることについて、重大な関心を持っている。次にここにくるときは、あんたに手錠をかける」

栗本は、呆気《あっけ》にとられた顔となったが、次に吹き出した。

「なんだい、家庭のしつけに口出しするのかい？　裏金でうまいもの食ってる連中が、他人《ひと》さまのやってることを、あれこれ言うのかい」

北海道警察本部の裏金問題についての皮肉は聞き飽きている。川久保は無視して言った。

「家庭のしつけの話じゃない。犯罪の話だ。暴行傷害という刑事事件の話だ」

「それって、脅しなのかい、駐在さん」

「そうだ。脅されたことを、頭に叩《たた》きこんでおけ」

「おれのしつけが問題だって言うんなら、どうしていま引っ張らないんだ?」

「浩也くんが、お前をかばっているからだよ。だから今回だけは目をつぶってやる」

「そんなにあの子のことが気になるなら、あんたが、引き取ったらどうだい？　そこまで責任取る気もないなら、よそのうちのことに口を出さないでくれよ。あんた、自分の家のことをはたからとやかく言われたくないだろ」

　川久保は相手にせずに繰り返した。

「いいな。警告したぞ。次は手錠だ」

　振り返って玄関口を出ようとする川久保に、栗本は言った。

「でしゃばるんなら責任を持ちなよ、警察がよ」

　警察車に戻ると、川久保は助手席で待っていた浩也に言った。

「栗本は何もしないよ。もし何かしたら、すぐに駐在所に駆け込んでこい」

　浩也はうなずいて車を降りた。

家に入るまで見守っていると、浩也は振り返って言った。

「お巡《まわ》りさん」

「なんだ？」

「おれ、うちを出て働きたいよ」

川久保はうなずいた。

「お母さんとよく相談しろ。帯広なら、仕事は見つかるだろう」

「うん」

浩也は町営住宅のドアを開けて家に入っていった。怒鳴り声でも聞こえないか、川久保はしばらく待っていたが、何もなかった。いまいましげな調子の悪態がひとつ、聞こえただけだ。警告はとりあえず効いたのだろう。

川久保は警察車の運転席に乗り込んで、その場から発進させた。

玉木徹三は、事務デスクの向こうで顔を上げた。

「十六歳の子?」

玉木工務店の事務所だった。浩也を送って十五分後である。

川久保は答えた。

「ああ。あの大城の現場で、下働きなんてさせられないかな。十六の男の子が、学校も行かず、働きもせずだ。いいことじゃない」

玉木は言った。

「常雇いじゃないって言うなら、使ってもいいすよ。だけど、それもせいぜい、運動公園の現場が終わるまでだな」

「かまわん。その子は、自分で給料を稼いで生きてゆけるって自信が持てないんだ」

「いまの子はたいがいそんなもんですよ」

「貧しい家じゃ、そんなことを言ってられない。生き死にの話だ。自信をつけさせて、家を出られるようにしてやりたい」

「いつから」

「明日からでも。宿舎に余裕はあるだろうか」

「ないですよ。倉庫の隅ならともかく」

「スーパーハウスに、もうひとり、寝る場所はないかな？」

「それでいいなら、作れないことはないけど。大城にも聞いてみよう」

「じゃあ、おれはあらためてその子に打診してみる。いやとは言わないはずだ」

「やれやれ」と玉木が言った。「おれって、頼まれごとには弱いな」


翌日、川久保は浩也を訪ねた。

大城のもとでログハウス作りを手伝ってみないか、と話すと、浩也はまるで勿体《もったい》をつけているかのような調子で言った。

「働いてみてもいい」

その足で、由香里の働いている吉田屋に行き、由香里を説得した。

「浩也くんは、あんたに気をつかってるんだ。同じ町の中だし、少しでも稼いであんたを楽にしようとしている。あんたの亭主も、犯罪者にならずにすむ。悪い話じゃない」

由香里も、やはり勿体をつけたように言った。

「お巡りさんがそこまで言うなら」


その週の非番の日だ。

川久保は自分の車で帯広に出た。市街地の郊外にある大型のショッピング・センターで買い物をするためだった。

駐車場の奥へと車を進めていくと、ドイツ製の高級セダンが、ちょうど川久保の前で、空きスペースに入ってゆくところだった。

ナンバープレートを見た。記憶にある数字だ。職業柄、ナンバープレートは、無意識に見ていても数字は記憶されるのだ。あの東山運送の社長夫人の車だ。乗っているのも、たしかにあの夫人と見える。ただし、サングラスをかけていた。

川久保はそのセダンの手前の空きスペースに自分の車を入れた。見ていると、セダンから夫人が降りてきて、あたりを見渡した。

背中合わせの列に停まっている車の中に、銀色の国産高級クーペがあった。そのクーペの運転席から、若い男が降りて、夫人に手を振った。白っぽいジャケットを着た、長身の男だ。夫人は小さく手を振り返すと、いま一度左右を素早く見渡してから、そのクーペに向かっていった。若い男はまた運転席に身を入れた。ウィンドウにはスモークシールが貼《は》ってあるようだ。男の姿は見えなくなった。夫人がそのクーペの助手席に乗り込むと、クーペはすぐに発進した。

川久保は、こんどは意識的にナンバーを覚えた。クーペは駐車場の出口へとむかってゆく。川久保はそのクーペを目で追いながら、ナンバーを三度声に出して読んだ。

クーペが消えてから、川久保は私物の携帯電話で広尾署の交通係を呼び出した。

担当者が出たところで、川久保はいまのクーペの番号を伝えて、手配された車ではないか確認した。十秒もたたないうちに、手配車両ではないとわかった。それは承知している。ほんとうに確認したいのは、次の件だ。

「じゃあ、所有者を知りたい」と川久保は言った。

オーナーの確認には、多少の時間がかかる。方面本部経由で運輸局への問い合わせとなるのだ。返事は、五分後だった。

交通係の担当は言った。

「シモダイラナツキ。こいつ、どうかしたかい？」

「どうしてだ？」

「こいつ、帯広のホストクラブのオーナーだと思うぞ。名前聞いて一発でわかる。うちの生安《セイアン》関係者のあいだの有名人だよ。何かやったのか？」

「そうじゃないんだけど、車が気になる場所にあったんでね。何か引っ掛かりそうか？」

「それはないな。そういう有名人じゃない。もしこいつに何かあるとしたら、児童福祉法違反じゃないかな」

「どうも」

川久保は携帯電話を切った。

東山運送の社長夫人が、帯広のホストクラブ・オーナーのクーペに乗っていた……。駐在警察官としては、気に留めておくべき情報だろう。


非番明けの朝、川久保は公園の工事現場に行ってみた。

もう丸太の組み上げが始まっていた。クレーンが一台現場に入って、丸太を吊《つ》り上げている。監督しているのは、大城だった。三人の男がそのうしろで動いている。そのうちのひとりが、浩也だった。ちょうどバンダナでも巻くように手拭《てぬぐ》いで頭を覆《おお》い、一輪車を押している。

川久保に気づくと、浩也ははにかむような表情で頭を下げてきた。一本の丸太が、大城の指示どおりに積み上がった。次の丸太は、これと直角に置くことになるらしい。

川久保が見ていると、大城が近寄ってきた。

「あの子、どうだ」と、川久保は積み上がった丸太のほうに顔を向けたまま訊《き》いた。

大城も、同じ方向に目を向けて答えた。

「最初は、どういう子かよくわからなかった。反応が鈍いんです」

「使えないか」

「いや。やっと慣れましたよ。言うことにも返事をするようになった。覚えは特別いいほうじゃないけど、とろいわけじゃない」

「ずっと引きこもりみたいな暮しだったんだ。ひとのあいだで生きることに慣れていない。あいさつもできなかったんじゃないか」

大城は頬をゆるめた。そのとおりだということなのだろう。

川久保は訊いた。

「宿舎には、なじんでいるか？」

「ええ。同じスーパーハウスで寝起きさせてますよ。そういえば、あの子、パジャマも持っていなかった」

「母親にも、あんまりかまってもらえなかったようだ」

軽度の育児放棄なのだ。母親からはネグレクト、義理の父親からは虐待《ぎゃくたい》されていた。だからこそ、玉木工務店に預かってもらうことにしたのだ。

大城が言った。

「おれなんて、そういう家なら、一刻も早く出て自活したいと思うけどな」

そのとき、浩也が大城に向かって言った。

「大城さん、これも片付けていいんですね？」

明瞭《めいりよう》な、力のこもった声だった。あの子がそのような声も出せたとは、意外だった。川久保は、浩也のくぐもった無気力そうな声しか聞いていなかったのだ。

大城が浩也に答えた。

「そうだ。そこ、きれいに掃いておけ」

「はい」

浩也は一輪車を押して、現場の奥のほうに向かっていった。

大城が、川久保にいくらか照れくさそうな顔で言った。

「あの子、ずっと預けてもらえたらな。教えてやれることもいっぱいある」

「この工事が終わったとき、玉木さんに相談してみたらいい。玉木さんは、いまだけ臨時の雇いのつもりでいるんだ」

「親御さん、旭川に移ることにはどう言うかな」

「本人の気持ち次第さ」

「家を出たこと、喜んでましたよ」

「じゃあ、次はこの町を出ることだ」

「おれが心配することとじゃなかったのかもしれないけど、あの子、シャツも、パンツも、靴も、ひどいものだった。もう少しましなものを着たほうがいいだろってものだった。おれ、栗本って男から、洋服代を出させましたよ」

川久保は驚いて大城を見つめた。大城は、悪びれる様子もなく言った。

「おとつい、七のつく日は、栗本って男が決まってパチンコに行くって聞いた。だから行ってるっていう店に行って、店員に探してもらって、直談判《じかだんぱん》してきた」

「直談判？　何をだ」

「金。それだけ勝ってるんだったら、少し出せって言ってやった。あの子、きょうこざっぱりしてるでしょ。Tシャツと靴を新調してるんです」

「ちょっと待て」川久保は不安な思いで訊いた。「パチンコ屋で、人前でそれをやったのか？　金を出せって」

大城の表情が変わった。

「おれ、まずいことをやったかな？」

「はたから見たら、それこそカツアゲかもしれない」

「お前の子供の話だ、って言ったんだ」

「栗本は、自分の子供だとは思っていない。女の連れ子だ」

「文句は言わなかったけど」

川久保は、田辺のことを思い出した。指定暴力団の構成員でさえ、大城の迫力には震えたのだ。あの栗本なら、小便さえちびったかもしれない。

「あんたに文句を言える人間はそうそういないだろう」

祈るのは、周囲がそれを恐喝だと解釈していないことだ。通報がなかったのだから、とりあえず誤解はなかったと判断してよいのだろうが。

クレーンのオペレーターから声がかかった。

大城は、手を振って川久保のそばから離れていった。

ログハウスは、次第次第に形ができあがっていった。川久保は、ログハウスの工事を観《み》るのは初めてだった。在来工法の家のように、柱と梁《はり》が組み上がり、それから壁と屋根が出来てゆくのではない。下から壁が出来上がってゆくのだ。それはちょうど、建物自体が地面から成長してゆくようにも見えた。

川久保は毎日一回はその工事現場の脇《わき》を通り、ときに車から降りて、浩也と大城の様子を確かめた。

四方の壁がひとの背の高さほどに組み上がったころだ。大城が、立って眺めている川久保に近づいてきて言った。

「あの子を預かってよかった。使える子です」

川久保は言った。

「表情が出てきたな。前は、感情がなくなっていたように見えた」

「義理の親父《おやじ》に殴られたり、飯抜きの罰を食らったりしてたんだそうですよ。いまのほうがずっと楽しいって言ってる」

「そんなことまで話すようになったのか」

「けっこうしゃべる子ですよ」

「あんたが、話しやすい相手なんだろう」

「そのうち、職業訓練校に入り直せばいいのにな。きちんと大工仕事を覚えたら、やってゆけるよ」

「あんたが、そう進路指導してやってくれ」

大城は、皺《しわ》の多い顔を少しゆるめた。

「実の親父みたいなことはできないよ」

それをやってみたい、と言っているように聞こえた。

通報があったのは、その夜だ。町に四軒しかない居酒屋のひとつから、駐在所に電話があった。喧嘩《けんか》が始まったと。

川久保が駆けつけると、その居酒屋の入り口の脇で、大城が地面に腰を下ろし、足を投げ出していた。鼻血を出している。脇に浩也がしゃがみ、タオルを大城の頭に当てていた。店の主人が、腹立たしげな顔で川久保に目を向けてきた。

「どうしたんだ？」と川久保は近づいて訊いた。「大城と、誰の喧嘩だ？」

店の主人が言った。

「畑野っていう若いのだ。もう逃げていった」

「怪我《けが》か？」川久保は大城に訊いた。「手を出したのか？」

「揉《も》み合いになっただけだ」と大城が答えた。「おれは手を出してない」

「揉み合いで、鼻血は出ないぞ」

「肘《ひじ》でもぶつかったのさ」

「理由は？」

浩也が代わって答えた。

「ぼくと大城さんがここで飯を食ってたんだ。そしたら畑野がぼくを見つけて」

あとを店の主人が引き取った。

「その子に、畑野が金の貸しがあるとかなんとかかって言って、外に出ろって話になったのさ」

畑野がこの店にきたのは、まったくの偶然だったらしい。この夜は、大城が、飯をごちそうすると浩也を連れてきたのだ。大城は、少し焼《しょう》酎《ちゅう》も飲んだ。飯も進んで、たまたま大城がトイレに入っているときに、畑野が店にやってきた。ときどききている客なのだという。

畑野は浩也に気づくと、売った品の代金を寄越せと浩也にすごんだ。そこに大城が戻ってきた。大城は瞬時に事情を察し、畑野を追い払おうとした。

今夜、畑野は、兄貴分の田辺がいないにもかかわらず、強気に反発してきた。ひっこんでろ、外に出ろ、というやりとりとなった。店を出た瞬間にふたりは揉み合いを始め、ほどなくして、大城は倒れた。畑野も、頭を押えて走り去ったという。

浩也が必死の調子で言った。

「大城さんは悪くないよ。畑野だよ。あいつがまたゆすってきたから」

店の主人が、苛立《いらだ》ちを隠そうともせずに言った。

「そのひと、何なんだい？　いきなり始めることはないじゃないかね」

川久保は訊いた。

「通報は、駐在所のほかにも？」

一一〇番通報もしていたとしたら、所轄《しょかつ》署から警察車が急行してくる。事件になる。畑野の怪我次第では、傷害事件の容疑者として、大城は逮捕されることになるだろう。

店の主人は答えた。

「いや。とにかく駐在さんに来て欲しかったから」

「おれにまかせてくれ」川久保は主人に言った。「畑野のやってること は、警察も把握してる。こっちの大城は、堅気なんだ」

「堅気?」

信じられない、という顔になった。

川久保は、大城のそばにひざをついて、小声で訊いた。

「あんた、まさか刑期が残っていないよな?」

もし大城が仮釈放で出獄していた場合、彼は次に犯罪を犯したとき、その時点で無条件に仮釈放を取り消され、残りの刑期を刑務所で務めなければならなくなる。

大城は首を振った。

「目一杯お務めしてきた」

「それにしても、危ない真似《まね》を」

「何も考えてなかったんだ」

「一応、駐在所まできてもらうぞ」

「いいですよ」

大城はのっそりと立ち上がった。

川久保は言った。

「そのあと、お前さんを広尾の病院に連れて行くぞ」

「たいしたことありません」

「黙って言うことを聞け。こいつは、お前さんが被害者なんだ。その記録を公式に残す」

大城は川久保を見つめてきた。意味を理解したという顔だ。

「わかりました」

その騒ぎのあった日からさらに二日後である。夜になって、町の有力者三人が駐在所を訪ねてきた。防犯協会の会長と、地域安全推進員、それに町会議員だ。吉倉と、中島と、そして東山運送社長の東山の三人だった。吉倉と中島は七十代だが、東山は川久保と同年配だろう。

三人を奥の居室に通すと、まず防犯協会会長の吉倉が言った。

「前科者が、この町にきてるって知ってるか」

大城のことか？

川久保は用心深く言った。

「選挙違反事件のことですか。罰金刑になったひとが、たしかにいますね。前の町議会の議長」

「そうじゃない。刑事事件で刑務所に入っていた男さ。玉木さんのところで働いている大工だ」

「ああ。知っていますよ」

大城に前科があることを、玉木が教えたのだろうか。

地域安全推進員の中島が言った。

「その男がきてから、町の治安がおかしくなっている。問題じゃないかね」

「どういうことです？」

中島が言った。

「恐喝とか、喧嘩とか、車上狙《ねら》いとか」

「具体的に教えてください」

「東山運送の従業員が、大城って男に、パチンコ屋で金を脅しとられた。居酒屋でも客に喧嘩をふっかけて大暴れしたとか。車上狙いも続いてるだろ？」

「最初のふたつは、事件性はありませんよ。わたしが事情を聞いている」

「この小さな町では、十分に事件だと思うがね」

東山が言った。

「車上狙いはどうなります？　ちょうどその大城って男がきたころから、連続してるんでしょう？」

「広尾署が捜査中です。もうじき犯人は捕まるでしょう」

「大城って男がきてから、この町は妙なことになっている。駐在さんも、割れ窓理論ってのを知ってますよね？　町が荒れるのは、最初は窓ガラス一枚からだ」

教えてもらうまでもなかった。知っている。駐在警官としてのいまの自分の任務は、その窓ガラス一枚の損壊に対して適切に対処することなのだ。ただし、自分の見方とこの町の有力者たちとでは、何が窓ガラスなのかということについて、見解の相違があるようだ。

川久保は、パチンコ屋の件と居酒屋の件について事情を説明したが、吉倉たちは頭から聞く耳を持っていなかった。

吉倉は、いらだたしげに言った。

「すでにそれだけのことをやらかしてるんだ。あんたは、すみやかにそいつを、この町から追い出すべきじゃないかね。深刻な事件が起こらないうちに」

「何が心配なんです？」

「大きな事件だ。傷害か、窃盗か、婦女暴行か」

「大城がやると決めてかかっていますよ」

「現にやってるじゃないか。あんたの裁量とやらで事件にはならなかったようだけど」

川久保は、強い調子で言った。

「事件性があれば、きちんと処理します。だから、この件ではわたしに注文をつけないでください。前科があるというだけで町から追い出すなんてことはできない。皆さんも、それは承知しているんでしょうね」

吉倉たち三人は顔を見合わせた。もうこれ以上川久保に何か要求するのは無意味とでも思ったか。

吉倉は川久保に指を突きつけて言った。

「わたしたちが地域住民代表として要望を出したということは、覚えておいてくれ。日報にも記録して広尾署に提出してくれ」

「わかってます」

「犯罪を未然に防ぐことが、わたしらの務めなんだ」

「わかってますって」

川久保は居間のテーブルの前で立ち上がって、三人に出口を示した。

犯罪、と呼べるだけのことは、次の日に起きた。東山運送社長宅の前で、路上駐車してあったドイツ製セダンが荒らされたのだ。社長夫人のハンドバッグから、現金百五十万円あまりが盗まれた。夫人から一一〇番通報があり、広尾署の刑事係がこの町に駆けつけてきた。ちょうどお昼どきのことである。

車上狙いとしては、このひと月間で四件目だった。前の三件も、同じ捜査員たちが担当している。川久保も、所轄のその捜査員たちが進める現場検証に立ち合った。

東山運送の社長夫人の名は東山美紀《みき》というのだった。美紀は金色に染めた髪をひんぱんにかきあげながら言っていた。

「信用金庫から帰ってきて、ほんの少しだけ道路に停めたんです。すぐに事務所に行って、旦那《だんな》さんに渡さなきゃならなかったから。だけど、ほんの十分、十分だけ停めていたあいだに、盗まれてしまった」

すぐに車に戻るつもりだったので、キーはつけたままだったという。当然、ドアはロックされていなかった。

夫人の説明を聞きながら、川久保は道路の反対側の工事現場に目をやった。丸太造りの管理事務所は、もう桁《けた》まで壁が積み上がっていた。大城や浩也たちが、弁当を食べる手をとめて、いくらか不安そうに現場検証を見つめていた。

川久保は、視線を夫人に戻した。

饒舌《じょうぜつ》に事情を語る夫人の目は、ちらりちらりと大城たちに向いている。刑事係の捜査員も、その視線に気づいているようだった。たぶん大城は、このあと不審なものを目撃していないか、質問されることになるだろう。

現場検証の帰り際《ぎわ》に、捜査員たちは駐在所に寄っていった。工藤という警部補が川久保に言った。

「あの大城って男のこと、防犯協会の会長やら、推進員からいろいろ聞かされた。あんた、事件を抑えているんだって？」

川久保は首を振ってから、このひと月あまりの町の様子を伝えた。帯広の暴力団員が、この町によく顔を見せていること。その舎弟分となったらしい若い者が、恐喝を繰り返しているようだということ。パチンコ屋の一件は大城による恐喝ではないし、居酒屋での喧嘩《けんか》も大城はむしろ被害者であること。

話しながら、ふと川久保は、先日帯広のショッピング・センター駐車場で東山美紀を見たことを思い出した。ホストクラブのオーナーだという若い男の車に、顔を隠して乗り込んでいったのだ。

もしかして、きょうの通報の一件、ほんとうに車上狙いなのか？

川久保は、工藤に言った。

「東山運送の社長には、以前から現金が消えていないか、訊《き》いてみたほうがいいですよ」

どうしてだ、と工藤が訊いた。

「かみさんは派手な性格です。旦那に内緒で、小遣いを使いまくっているんじゃないかって気がするんですよ」

「狂言だと？」

「その可能性も含めて、調べたほうがいいと思います」

「ひと月のあいだに三件続いた」と工藤は言った。「これもその延長だと思うがな」

「真っ昼間、自宅前に停めたキーのついている車を荒らされたのは、これで何件目です？」

工藤は、一瞬考える様子を見せてから答えた。

「これが最初だと言えばそうだけど」

翌日から三日続きで休みが取れた。川久保は妻子のいる札幌に帰り、ひさしぶりに我が家で団欒《だんらん》を楽しんだ。志茂別の駐在所にもどってきたのは、三日目の午後である。

駐在所では、地域係の若い警官が川久保の代わりに勤務についていた。確かめても、緊急に引き継ぐべき重要事項もないという。交代まではまだ多少時間はあったが、川久保は制服に着替えた。

駐在所を出て、自分の車で公園の工事現場に向かった。丸太造りの管理事務所がどこまで出来上がったか、確かめてみるつもりだった。大城と浩也の様子もだ。

行ってみて驚いた。作業員の顔ぶれが変っている。大城も浩也もおらず、べつの大工たちが三人、屋根部分の工事にかかっているところだった。

怪訝《けげん》に思いつつ現場に入り、大城たちはどうしたのかと訊いた。

年配の大工は答えた。

「旭川に帰ることになったそうだ。おれたちは、大城の後釜《あとがま》だ」

「帰るって、まだ工事も終わっていない」

「知らんよ。社長が、大城をお払い箱にしたんだ」

「大城抜きで、建てられるのか？」

「小屋組みまできてれば、なんとか」

「浩也って子供は？」

「誰だ？」

川久保はあわてて玉木工務店の事務所まで車を走らせた。

事務所には玉木徹三はいなかった。川久保は土場を突っ切って、大城が寝起きしていたスーパーハウスの前へと歩いた。

引き戸を開けると、大城が椅子《いす》から立ち上がったところだった。ふたつのショルダーバッグを肩にかけている。いまここを離れる、という様子だ。さすがこの季節、ジャケットこそ着ていないが、最初に会ったときと同様のタートルネックのセーター姿だ。

大城は川久保を見ると、暗い表情で言った。

「世話になりました、駐在さん」

川久保は訊いた。

「どうしたんだ？　浩也は？」

「おれは、クビってことになった。浩也は、帯広の児童相談所に連れて行かれたよ」

「クビ？　児童相談所？　詳しく話せ」

「バスが二十分後だ。ターミナルまで、歩きながらでいいですか」

「送ってやるよ。車に乗れ」

大城は、川久保の車の助手席に身を入れてから言った。

「車上狙いのあった次の日、おれ、広尾署に引っ張られたんですよ。任意同行」

川久保は、工藤という警部補の顔を思い出し、胸のうちで悪態をついた。あのバカ野郎。

大城は続けた。

「丸一日調べられて、けっきょく帰されましたがね。帰ってきたら、社長からは、もういらないって」

「社長は、あんたを買っていたぞ」

「町の偉いさんたちに、やいのやいの言われたらしい。前科者は使うなって」

駐在所にやってきたあの三人が、玉木にも圧力をかけたということだろう。玉木は公共工事を請け負う業者として、町の有力者の意向には逆らえない。

川久保は確かめた。

「浩也は児童相談所だって？」

「ええ。帯広の児童相談所に、町の誰かから通報があったらしいんですわ。母親なのか、それとも栗本って男かもしれない。おれがその」

川久保は、同性愛、という意味の言葉を短く口にした。

「それで帯広から相談所の職員がふたり飛んできて、ここの社長なんかからも事情を聞いて、すぐに施設に収容ってことになったらしい。おれが広尾署で調べられているあいだのことです」

川久保は、信じられない想《おも》いだった。児童相談所がそれほど素早く対応するものなら、世の児童虐待《ぎやくたい》事件の大半は、子供の死に到《いた》る前に防げるはずだ。それとも帯広の児童相談所だけ、群を抜いて鋭敏な職員が揃《そろ》っているということなのだろうか。

いや、と考え直した。

栗本や由香里だけではなく、あの三人は、帯広の児童相談所にも強く圧力をかけることができたということだろう。中心となったのは、防犯協会会長の吉倉か、地域安全推進員の中島か、町会議員の東山か。

それとも三人が雁首《がんくび》揃えてか。

川久保は訊いた。

「児童相談所は、お前さんがあの子に何かいかがわしいことでもしたって言うのか？」

「その危険がある、とでも思われたんでしょうね」

「あの子も、簡単に連れて行かれたのか」

「見てたやつの話じゃ、幽霊みたいな顔で黙って車に乗っていったそうです」

「抵抗したっていいのに」

「おれが、逮捕されたと思い込んだようです。おれは帰ってこないと」

「そう吹き込んだ連中がいるんだな」川久保は深く溜《た》め息《いき》をついた。

「誰かが親代わりになってやらなきゃならなかった。あの子だって、あんたの下で働くのを喜んでいたろう？」

「きちんと大工になりたいって言ってましたよ。ログハウス専門もいいかなって」

「あの子には、何かひとつなし遂げたっていう達成感が、必要だったんだ。あのうちにいる限り、あの子は自立できない」

大城が黙っているので、川久保は話題を変えた。

「あんたは、どうするんだ？」

大城は、助手席でちらりと川久保を見て言った。

「旭川に帰れば、仕事がありますよ。どうして途中で戻ってきたのか、うるさく言われるでしょうけど」

「正直に話せばいいさ」

「業績のいい会社じゃないんですよ。クビのいい口実にされるかもしれないな。前科があるってことで、恩きせがましく言われてきたし、日当も他人より安いし」

バス・ターミナルに着いた。

夏の制服姿の女子高生たちが四、五人、花壇の前ではしゃいでいる。男子高校生の姿も、三つ四つ見えた。

川久保が車を停めると、大城は短く礼を言ってドアを開けた。

川久保は大城の顔を見た。目がうるんでいるように見えた。

「駐在さん」大城は川久保の視線を受け止めて言った。「やっぱり、駄目なんですかね、おれ」

　川久保は首を振った。

「そんなことはない」

「前科者ですからね」

「それは関係ない」

「ときどき、きついなって思うときがあるんですよ、おれでもね」

「この世の中は、誰にだってきついさ」

「お世話になりました」

　大城は視線をそらすと、ドアを閉じ、後部座席から自分のバッグを取り出した。

「お世話になりました」

大城はもう一度言ってから、後部座席のドアをぽんと押した。

川久保も車から降りて、大城の前に立った。

大城は、ふたつのバッグを両肩にかけると、セーターの襟を少し引っ張り上げた。初夏だというのに、彼は寒気さえ感じているように見えた。

川久保は、警察手帳を開いて名刺を取り出した。ボールペンで、自分の携帯電話番号を書き加えたものだ。

川久保は大城にその名刺を渡して言った。

「旭川に戻って、もし何かあったら、おれに電話しろ。でなけりゃ、おれの名前を出して、問い合わせろと言ってくれ」

大城はその名刺を受け取ると、力のない笑みを見せた。

「いつまで旭川にいることになるのか、もうわかりませんよ」

「どこに行ってもだ。どこからでもかまわない。おれの名前が、力になりそうなら使え」

「すみません」大城はうなずいた。「駐在さんに、そんなふうに言ってもらえるなんて」

「浩也のことで、いつかおれのほうからあんたに相談するかもしれん。あの子だって、いつまでも児童相談所にいるわけじゃない」

「だからといって、おれが何かできるわけじゃないです」

「あんただからできたこともある」

「あの子に、まだそういう気持ちがあるなら、なんとかしてやりたいとは思いますけどね」

大城は、旭川の工務店の名前を口にした。

「連絡は、しばらくはそこでつくでしょう。そこを辞めることになっても、連絡先だけは残してゆくようにしますよ。じゃ」

大城は小さく会釈《えしゃく》して、旧ＪＲの駅舎を利用した待合室へと向かっていった。両肩にさげたバッグがそうとうに重いのか、背中を少し丸めていた。

川久保はその背中に声をかけた。

「大城、自棄《やけ》になるなよ。二度と馬鹿《ばか》なことはするな」

大城は振り返らなかった。歩きながら右手を挙げて、敬礼するように一回振っただけだ。

わかっています、という意味の敬礼であったのか、それとも、無理ですよ、という意味であったか。どちらとも取れる敬礼だった。

一台のトラックが、ターミナル前の駐車場に滑りこんできた。大城の姿は、そのトラックの陰に隠れて見えなくなった。大城自身、すぐに旧駅舎の中に入ってしまったことだろう。

川久保は警察手帳をポケットに戻して、車の運転席に身体《からだ》を入れた。

駐在所に戻って、広尾署の刑事係に電話した。工藤に、事情を聞くためだった。

工藤が出たところで、川久保は訊《き》いた。

「車上狙《ねら》い、どういうことになったんです？」

工藤は言った。

「畑野っていう若いやつだ。三件自供。ただし、ベンツから百五十万消えた件は知らんと言ってる。生安に渡す前に、もう少し搾《しぼ》ってみる」

「大城を任意で取り調べる必要があったんですか？」

「可能性をつぶさなきゃならなかった。パクっていないぞ。無実がはっきりして、あいつはその日のうちに帰ってる」

「任意で呼んだこと自体、ずいぶん見当ちがいじゃないですか。おかげであいつは、被疑者と誤解されてクビですよ」

「おい」工藤は口調を変えて言った。「制服警官がおれの捜査に難癖つけてるのか？」

「いいや。難癖なんてつけていない」

「なら、その言い方はなんだ」

「すみません」川久保は言った。「無能な刑事は、まわりの人間の人生をあっさりとぶち壊すなと思っただけです」

「おい」

川久保は返事をせずに電話を切った。


新しい公園管理事務所の落成式は、それからほぼひと月後だった。川久保も、来賓としてその式に出席することになった。たかが公園管理事務所のオープンなのに、式典はやたらに仰々《ぎょうぎょう》しいものだった。町の有力者たち三十人ばかりが、その狭い施設にダークスーツ姿で集まった。前の教育長だという人物も、車椅子《くるまいす》で出席していた。その前教育長が、そもそもこの運動公園整備の功労者であるらしい。

まず町長があいさつし、ついで地元出身の国会議員秘書があいさつした。そのあと、日本酒の樽《たる》を開けて、乾杯だった。

列席者の中に、東山運送の東山社長と、その夫人の美紀がいた。並べて見ると、歳《とし》の差が目立つ夫婦だった。

乾杯のあと、コップを手にしたふたりが川久保に近づいてきた。

東山は言った。

「先日は失礼しました。とりあえず犯人逮捕でよかった」

川久保は、東山と美紀を交互に見ながら、東山に言った。

「やつは東山さんの百五十万の一件は否認してるんですけどもね。それにしても、お若い車に乗ってますね。スピード違反、気をつけてください」

「は？」と東山は首を傾《かし》げた。「お若い車？」

川久保は、高級国産クーペの名を出して言った。

「あれが似合う大人はなかなかいないでしょう。銀色の車に白いスーツ、似合ってました。見たことがあるんですよ」

東山の隣で、美紀の顔がこわばった。

東山が、まばたきしながら訊いた。

「わたしが乗っているのは、黒いクラウンですよ。女房は、白いベンツですが」

「そうでしたか？　一度、奥さんが、銀色のあのスポーツカーに乗りこむところを見たんですがね。そのとき東山さんは、白いジャケット姿だった」

「白いジャケットなんて持ってませんが」東山は美紀に顔を向けた。

「誰の車だって？」

美紀は狼狽《ろうばい》した。

「え、何のことだか。駐在さん、からかわないでください」

川久保は、顔に微笑を作ったまま言った。

「からかってなんかいませんよ。五月十八日の帯広、ポスフールの駐車場ですよ」

美紀の顔から、すっと血の気が引いていった。東山は、いまははっきりと猜疑《さいぎ》の目で、その妻の顔を見つめている。

川久保は、会場内の誰かから呼ばれたように装《よそお》って手を上げ、その場から離れた。車上狙い四件目の真相について、少なくともこの夫婦のあいだでは、明瞭《めいりよう》になることだろう。

竣工《しゆんこう》したばかりのその建物を出て、川久保は振り返った。真新しい建物の窓ガラスの内側で、パーティは続いている。

川久保は思った。この町の最初の窓ガラスが割れたのは、ずいぶん昔のことだったのではないか。少なくともそれは、川久保が駐在警官として赴任してきた後のことではない。自分には、この町並みには、割れた窓ガラスがいくつも連なって見える。たぶんこの荒廃は、行き着くところまで行ってしまうにちがいない。もう誰も、その流れを止めることはできない。少なくとも、駐在警官の自分にできることではなかった。

川久保は、自分が小石を放って、新たに一枚窓ガラスを割る情景を想像した。それは、かなり小気味のよい想像だった。

本書は、株式会社新潮社のご厚意により、
新潮文庫『制服捜査』を底本としました。
但し、頁数の都合により、上巻・下巻の二
分冊といたしました。

制服捜査　上

（大活字本シリーズ）

2018年11月20日発行（限定部数500部）

底　本　新潮文庫『制服捜査』

定　価　（本体 3,200円＋税）

著　者　佐々木　譲

発行者　並木　則康

発行所　社会福祉法人 埼玉福祉会

埼玉県新座市堀ノ内 3—7—31　〠352—0023

電話　048—481—2181

振替　00160—3—24404

印刷製本所　社会福祉法人　埼玉福祉会 印刷事業部

ISBN 978-4-86596-260-4

大活字本シリーズ発刊の趣意

現在，全国で65才以上の高齢者は1,240万人にも及び，我が国も先進諸国なみに高齢化社会になってまいりました。これらの人々は，多かれ少なかれ視力が衰えてきております。また一方，視力障害者のうちの約半数は弱視障害者で，18万人を数えますが，全盲と弱視の割合は，医学の進歩によって弱視者が増える傾向にあると言われております。

私どもの社会生活は，職業上も，文化生活上も，活字を除外しては考えられません。拡大鏡や拡大テレビなどを使用しても，眼の疲労は早く，活字が大きいことが一番望まれています。しかしながら，大きな活字で組みますと，ページ数が増大し，かつ販売部数がそれほどまとまらないので，いきおいコスト高となってしまうために，どこの出版社でも発行に踏み切れないのが実態であります。

埼玉福祉会は，老人や弱視者に少しでも読み易い大活字本を提供することを念願とし，身体障害者の働く工場を母胎として，製作し発行することに踏み切りました。

何卒，強力なご支援をいただき，図書館・盲学校・弱視学級のある学校・福祉センター・老人ホーム・病院等々に広く普及し，多くの人人に利用されることを切望してやみません。